未來，你還會在嗎？

唉瘋人

願我們憧憬的未來如約而至。

序

「你知唔知呀？失敗唔可怕㗎，傻瓜。」

「嗯，咁有咩係可怕？」

「最可怕係，你信呢句說話。」

我們曾經都滿懷希望，直到社會將一切消磨。

在一切被消磨以後，沉重的絕望感伴隨我們過活。

當絕望變成日常後，生活就像齒輪無意義地轉動，時鐘的轉動也只是提示時間仍在流逝而已。

然後直到某天，她按下門鈴，他一臉懷疑地應門，為時間流動重新賦予意義。

Chapter 01
往昔的幸福

　　該怎麼說起這個故事？要詳述的話就要由幾年前說起……

　　有節奏的鍵盤敲擊聲在整個房間迴盪著，我充滿幹勁地寫著網絡故事。自從往年情人節百無聊賴地用筆名「莫少」寫了一個故事並且一時大受歡迎後，我得到寫下去的動力，但這件事已經過了一年，畢竟執著一件事一年以上，自然就會迷惘。

　　熒幕突然彈出一則 Facebook 專頁的訊息通知，我按下滑鼠右鍵，把那則訊息打開。

　　「莫少，你好呀，我哋係幻想出版，唔知你有冇興趣出書成為我哋嘅合約作者？」

　　這一條問題令我牢記在心。同時看到這則訊息時，曾經的迷惘一掃而空，隨之而來的是無盡的興奮，猶如打網絡遊戲終於滿等，可以到另一個關卡，走上生涯的另一個階段。

　　那時候，我在想怎麼突然會變成這樣？我好像被運氣捧到了天上。

　　或許倒霉了這麼多年，運氣都用在此處了。

雖然知道這座城市是文化沙漠，靠寫書是不能生活。但我每日堅持，工餘時寫作，放假時寫作，幾乎所有工作以外的時間都給了寫作。

　　家人的不理解令我搬了出來自己生活，住在一百呎也不足的劏房內繼續寫作。

　　投資在夢想的時間，在得到回報並且夢想實現時的喜悅，這份苦盡甘來的甘甜是不會被現實因素破壞的。

　　當時的我變成了一位天真的小孩，對未來充滿想像，也構想過許多不設實際猶如童話的想法。

　　由校對、編輯直到看到設計師為我的作品繪製封面，每一步都像見證自己的孩子出世，每一天的生活都像身處迪士尼。

　　從小到大經常閒逛書展，想不到自己終有一天成為書展的主角之一，而自己的作品在書海中佔上一席位。

　　夢想得到實現後，我還得到愛情，遇上了令我迷戀的女人，雖然以前都戀愛過兩遍，但結果都是悲劇收場，而過程也沒甚麼特別，但這一次的確不同。

　　如果時間可以任由我們掌控的話，我希望停留在這個最美好的時刻。

　　但事實並不盡人意，我們只能憑照片將那個美好的光景留住，而事後那被名為回憶的東西就被照片所嘲弄著。

　　第一本書令我感到興奮，社交平台的 followers 和讚好數目直線上升，多了很多 freelance 工作找上我，收入比以前增加了，後來更與女朋友決定一人一半合租了一個兩房單位，一間用作我工作的辦公房，另一間是我們的睡房。

　　同時我更認識了幾位一同追夢的新晉作家，還有很多仍在追夢的同路人，曾有一刻我和他們都相信自己可以有能力改變未來，在這片沙漠中栽種出一片草原。

　　只是第二本書過後，我卻由天堂跌落人間。

　　沒錯，第二本書的銷量不如出版社預期，而且對於他們在情節上諸多改動卻只對我作出知會，我稍有不滿，但基於自己仍是新出道的作者不敢作聲，而他們對我的銷情亦有怨言。

　　在書展過後的某天，出版社編輯來電，他在言談間充滿嘲諷，令我即使回想起來仍歷歷在目。

　　「希望你明白啦，我要一本書係再版同再再再版，即係你望下阿邊個（不便開名），仲有阿邊個（不便開名）咁啦。」

　　那些不便開名的人，他們幾乎是全港聞名的作家。想不到出版社對我的期望是如此高，將我與他們並列，真令人意想不到。

　　「同埋我睇咗你啱啱寄界我哋第三本書嘅稿啦，老實講呀，題材幾好嘅，係眼高手低囉，而且有啲諷刺宗教我又唔係好鍾意，加埋第二本書個反應又冇我哋想像中咁好，其實係有啲差，書展賣得嗰七百幾本……」

編輯接下來的話，在我的記憶所及是一陣耳鳴，但最清晰是她在這通電話的尾段說了一句：「第三本書我哋目前冇計劃幫你出，但你都要記住啦，你同我哋簽咗五年合約。呢五年你唔可以轉投其他出版社㗎，遵守返合約精神！不過我哋都好歡迎你隨時投稿界我哋，希望你會寫出一本令我哋喜出望外嘅人氣作品啦。哈哈，加油啦。」

　　她那一聲「哈哈」和「加油」十分礙耳，而電話掛掉後，整間房鴉雀無聲。我想起在第二次書展時，出版社老闆和編輯的眼神只有冷漠，還有這通電話最後的嘲笑。

　　那一刻就猶如電影《Matrix》的情節，我整個人霎時間驚醒，再打量自己周邊，照著鏡子看著自己的臉，我認清「莫少」不過是一場夢。脫下「莫少」的面具後，就是一位名字普通得不再普通的平凡人，其餘的就是那陣嘲笑聲。

　　沒錯，我有一個普通得有點過氣的真實姓名，而我不是姓莫，怎麼總有人天真地認為筆名會與本名有關連？

　　「莫少」只不過是我在看莫言的書籍時想起的，本想在論壇註冊作「莫笑」，意思是不要取笑，但怎料有人用了，結果只好退而求次，用另一個諧音吧。

　　正如林夕所說，既然用筆名，就是想隱姓埋名。

　　反正「莫少」這個名字也不錯。

　　在出版社這通電話後三個月，我與女朋友分手，而原因是……她找到了一位更「腳踏實地」的男人。

　　看著她邁出這個曾經溫馨甜蜜的家的背影，我想起了愛情的本質就是一種生殖衝動，愛情不過是大自然設下的騙局。世界上沒有童話，只有相信童話故事的人。

　　而幸福和快樂只是短暫滿足了的慾望，當滿足的感覺退卻，痛苦馬上就會出現。

　　即使我們得到長時間的滿足和幸福，到時又會陷入無聊之中，相反慾望得不到滿足時，又會引起痛苦和焦躁。

　　看著她漸漸遠去的背影，我認同叔本華所說，幸福是不存在，幸福的感覺只是慾望的囚徒得到片刻的滿足而已。

　　但我更認同自己是在自我安慰。

　　我曾經覺得自己擁有全世界，可是在這一刻，我卻覺得自己被全世界遺棄。

　　「後來」，這個詞概括了很多變遷。

　　後來我因一個人獨力支撐這個曾經溫馨的家而感到吃力，於是我搬回了劏房居住，繼續一邊上班一邊寫作的人生，只是寫作的人氣逐漸下滑，而 freelance job 更愈來愈少，日漸變回一個流連在網絡偶爾寫作的作者。

　　後來我連租住劏房也感不划算，但又不願意搬回娘家與家人同住，前題是我還能踏得進家門，我知道自己面對不了他們，但更清楚知道自己面對不了自己。

在這個兩難的關口下，在一次中學同學聚會中，我遇見了一位以前也聊得上幾句的同學，重遇後我們仍然投契，得悉他在找地方租住後，我們更決定一人一半合租一個位於九龍市區的單位，而他亦很爽快地一筆過繳交了兩年他需要支付的租金。

別人說相見好同住難，慶幸我與這位同屋主兼中學同學完全沒有生活上的磨擦，但我們幾乎又沒有甚麼交集，畢竟我多數都把自己關在房內，有一兩次他帶了女朋友回來，他們親自下廚，更煮了豐富的一頓並邀請我共晉晚餐。

大概就是這樣吧，一切就是如此徐徐地過，應該說人生的低潮往往是最漫長，慢慢地我寫作的產量減少了，而當日曾經以為可以改變這片沙漠的同路人和同期出書的作者，大多都已經放棄了夢想，只有一位的人氣仍然如日中天，我們時而聊天時而一起吃飯喝酒，至於其他人都已向生活和現實低頭，只有我仍在負隅頑抗。

直到某天，那時時值 2020 年 1 月 3 日，同屋主向我開口拿了3000 元，說甚麼夾錢購買口罩等衛生用品以備不時之需，畢竟他總覺得這些衛生用品將會變得短缺。

雖然我不太相信，但我曾佔過他的便宜，要他一次過繳交兩年他需支付的租金，事實上是業主佔我們便宜，他要我們一次過交兩年租金，並保證死約完結後絕不加租。

昔日他想也沒想便對我報以信任，我對他信任一次又如何？

結果他拿到錢後的第二天，就一整晚沒有回家，當然也沒有買任何衛生用品回來。日子慢慢過去了，他仍然沒有回來，WhatsApp

單剔，Instagram 的帳戶更刪掉，於是我偷偷地打開他的睡房，怎料內裡已經清空了，只餘下一條男裝內褲。

我見狀心想，他是甚麼時候搬走的？他是早有預謀嗎？為了 3000 元跑路？至於嗎？

想著想著，門鈴響起了，是警察？是債主？抑或是同屋主的家人？

我從防盜眼外望，只見一位妙齡女子，樣貌看來不錯，看起來有點像韓星 Yura 那種類型，應該不是債主，更沒有可能是警察，應是同屋主的家人吧？

我疑惑地打開門，排除上門推銷以外的可能性，畢竟面對一位美女，還是要有點風度吧。

「係？小姐？」

「Dan Wu 胡彥祖係咪住喺度？」

果然是找我的同屋主。

「係⋯⋯」

「你知唔知佢去咗邊？」

「你係佢邊位？」

「我係佢女朋友。」

嗯？怎麼變了樣？我記憶所及他的女朋友不是長這個樣子。

「吓？」

「吓咩？佢喺唔喺度呀？」

我搖了搖頭，她想推門進來找人，但被我制止了！

唉，早說了沒有鐵閘的單位就有這個保安問題，慶幸推門的人是一位力氣不大的女生。

我眼見她死心不息左顧右盼屋內的環境，看她如此瘦削的身形，讓她進屋也不會傷害到我吧？

我倒抽一口涼氣，打開了門讓她進來，而這個女的並沒有任何安全意識，衝進來的一刻便四處搜索，她走進我的臥房，我反了白眼說了一句：「嗰度係我間房，佢間房喺我對面，不過入面啲嘢佢執走晒啦。」

這位女孩悶不吭聲便衝進同屋主的房間，顯然她並沒有把我的話聽進耳，她眼巴巴看著那間臥房，眼神略有失望，她見狀坐在那張仍有枕頭和被鋪的床上，瞄了那個打開著卻空溜溜的衣櫃一眼，臥房裡的櫃子全是開著，只是所有物品都被同屋主拿走了。

她淚眼盈眶環顧著臥房的周遭，當她的視線移到我的身上時，眼神突然流露著憤怒，甚至可以用帶有殺氣來形容。

我做錯了甚麼？但不管怎樣，我還是須要弄清楚是怎樣的一回事。

「啊，點稱呼你？今年幾歲呢？」

「Bella，幾歲關你鬼事咩？」

「明白。」

「你問咁多做咩呀？你知唔知佢去咗邊？想拖延時間呀？」

「小姐我唔係拖延時間，我都好一頭霧水，無啦啦有個人走上嚟！」

「扮傻呀？佢話同你好 friend。」

「你冷靜啲先啦，佢到底做咗啲咩？呃你感情？感情糾紛呢啲唔好搞咁大件事呀。」

「冷靜？你試下被人呃晒成副身家話拎去補倉，再幫佢借銀行 staff loan 五十萬話搞口罩生意，跟住到今日至發現自己同佢一齊租嘅 sweet home，個個月租就照問我拎，但原來佢有成三個月冇交過租，咁你會點呀？」

Sweet home，居然替自己租的房子取名，這個女人真的很……天真。

話音剛落，這個名叫 Bella 的女生氣得抓狂，用力拍了我一下。

「……」

「仲有呀，呢兩日有財仔同佢啲唔知咩嘅朋友搵上門，我計過佢總共爭人成二百幾萬搞咩 IT 生意！」

「我今日仲要畀業主迫遷呀！」

話音未落，她氣得整個人站了起來，而我聽到這裡也有點生氣，因為我肯定自己被人騙財，香港文字工作者的價格低下，3000 元已經屬不錯的報酬，每一分一毫咬下去都有血、汗還有腦汁。

想到我的血汗錢被騙了，也想到竟然有人從「乞兒兜度嚟飯食」，我當下怒不可遏。

「貼條仆街仔街招呀嘛，乜你咁蠢㗎！」

想不到 Bella 立即狠狠地瞪著我，並且不忿地說：「貼埋你呢個幫兇呀，堂堂作家竟然幫個同屋主騙財騙色，但你筆名叫咩？」

怎麼她知道我是作家？怎麼明明我是受害人卻變成幫兇？

聽到這裡我立即怯了怯，難道同屋主利用過我的存在去騙取她的金錢和感情？

「我利申返，我從來冇見過你，而且我同佢真係唔係好熟，亦肯定冇幫過佢任何嘢，我哋連衫都分開洗，而佢帶畀我見過嘅女朋友只係得一個，所以絕對唔會構成咩幫兇。」

她離開臥室走出客廳，不死心地仔細搜索廚房和廁所。她是害怕我把同屋主殺掉還是把他藏起嗎？我只好無奈地緊隨其後，一無

所獲的她走回客廳，繼續氣沖沖地追問：「我唔信佢帶其他女人返屋企你係唔知，定係扮睇唔到呀？你講！」

「咁我真係睇唔到呀嘛。」

「你沉默即係你有份做幫兇啦。」

「呢啲嘢唔沉默唔通出個 IG story 同人講：『喂！我懷疑隔離房成日帶其他女返屋企扑嘢！』」

「沉默同中立就係幫兇呀，知唔知呀作家？地獄最熱嘅層一定留返畀你。」

「人哋啲私人嘢邊理得咁多，而且佢嘈唔到我寫嘢，咁我就唔理啦。」

「我而家唔理呀，我一定要知道呢個賤人去咗邊呀！」

原來世上令人頭痛的是無賴，而比起無賴更可怕的就是一個女人在耍無賴。

正所謂「好佬怕爛佬，爛佬怕潑婦」，如果根據五行相生相剋的話，潑婦應該是怕好佬吧？

於是我決定給一點風度，以穩定目前這個潑婦……啊，是 Bella 的情緒。

「你都攰啦，坐低先傾。」

她坐在梳化翹起腳又著雙手，目露凶光地瞪著我，害我有點尷尬，猶如被冤鬼尋仇般，我找了個位置坐下，繼續與她保持距離，畢竟我生怕一個失去理性又對我抱有如此深誤會的人真會把我殺掉。

　　「咁我問你，呢兩年佢帶過幾多個女人上嚟？」

　　這條問題令我想起，一直以來只聽過同屋主深夜回家時與不同女人竊竊私語，但我又沒有認真細數，翌日起床的時候，他們便離開了，有時候我會覺得對他而言這裡比較像時鐘酒店。

　　我決定扯開話題：「咁你同佢一齊咗幾耐呀？」

　　「我同咗佢一齊咗兩年呀，唔好扮傻啦。」

　　「我真係咩都唔知㗎，我同佢夠住咗一年啦，呢一刻先知佢原來仲有另一個女朋友。」

　　Bella 好像開始相信我，語氣稍為放緩：「咁你知唔知佢原本個屋企喺邊？」

　　「唔知喎，好似喺元朗，佢間唔中會同我講返元朗，我冇詳細問呀。」

　　「咩呀，元朗咪就係我同佢租嘅 sweet home 囉，佢同我講佢屋企人住將軍澳，自己搬咗出去同一個寫書出書嘅中學同學住佐敦呀，我仲喺新都城同佢屋企人飲茶。」

　　「……」

「咁你知唔知佢真正嘅公司喺邊？」

「佢同我講中環囉。」

Bella 嘆道：「中環係我返工嘅地方，佢同我講佢喺灣仔返工，我喺灣仔接過佢放工。」

「……咁我而家咩都唔敢肯定。」

她又質疑起來：「點解你同佢住埋一齊好似咩都唔知唔問唔察覺咁？乜你咁蠢㗎，你係咪又扮唔知呀？」

「喂，我同佢本來只係中學同學，斷咗連絡都一段日子，當日見佢有興趣夾租至傾返偈，佢仲願意一口氣交咗兩年租，水電費又肯平分，我先叫做同佢變成同屋主關係咋！」

「咁我唔理啦，我而家冇地方住，我住埋佢淨低嗰年租，佢爭我咁多錢，佢一口氣交嗰兩年租啲錢，咪又係我借畀佢，咪又係我啲錢！」

「你覺得我會唔會理你？」

「份租約邊個簽？聽講咁樣分租好似係犯法㗎喎。」

我屈服了，原來女人不但可以打破常理，更會打破五行相生相剋說。

「……你好嘢！佢原本間房你住飽佢，唔好影響到我正常生活就得。」

「我可以走喫！但我一離開呢間屋，佢班朋友債仔一定會搞大呢件事，到時候我控制唔到喫，咩 Facebook、Instagram、乜登都好，可能傳傳下就會瓜田李下，始終你同佢一齊住，而且話晒出過書，班網民要起底好容易，仲爆埋你違反租約分租出去，到時候你一定會以另一個方式大紅大紫，恭喜你。」

「……」

「你都知道正常情況下冇咩人會記得你，但一有衰嘢就會家喻戶曉。」

原來這個女人不接受投降，我作為戰俘還需要下跪。

「……咁又唔好。」

「你而家有咩要同我講？」

我堆出笑意，那是我人生中最牽強的笑容：「請你唔好離開，好唔好呢？但都希望小姐你……呀，你姓咩？」

「甘呀。」

甘？金？ Bella Kam ？人如其名，真 kam* ！

我裝出十分客套的語氣：「係，希望甘小姐守返規矩，唔好影響我正常生活，同埋夜深唔好嘈到我寫嘢，另外帶男人返屋企就唔好啦，你上佢屋企過夜或者開房就得，最好就快啲同居啦，搬出去幸福快樂咁生活落去。」

*「kam」是形容一個人很奇怪的意思

她一臉嫌棄地答：「我先唔想同你有任何交集，成個人古古怪怪咁，都唔知有冇肺炎。」

那一刻，我發覺自己的 EQ 被一秒全清。

「咁你唔好中呀，你中咗我捉你去火化！」

她不屑的地「呵」了一聲，接著把自己五個行李箱拖進屋內。

我知道這是陰謀，她根本早有預謀，試問有誰人追債會拖著五個體積最大的那款行李箱！

聽她所描述所推斷，反正她目前無家可歸，倘若找不到人就住在這裡等債仔回來。

就這樣我與這個八婆、潑婦展開了同居生活，她是騙了我錢的同屋主兼中學同學的前任，明明我們都是受害者，同是天涯淪落人，可是我偏偏看她不順眼，她亦十分討厭我。

我知道一件事情的對錯不能一概而論，目前來說同屋主做得最對的就是把她甩掉，做得最錯的是把她和我的血汗錢騙掉。

啊！我的錢呀，雖然金額不多，但有血有汗！

啊！我是這件事情上的最大受害者，看這位女孩的樣子肯定是難相處的一種，我的錢和平靜的生活都 RIP 了。

她說，世間太多故事，字字描繪世態不幸。

Chapter 02
新的同屋主

一直以來，我憑著自己不懈的努力，得到一紙書約，出過兩本實體書，曾在各大書店上架。在網絡上連載了一個又一個的故事，一次又一次交稿給那間簽了我五年合約的出版社，但直到將要解約的日子將至，我的第三本著作仍是下落不明。

一直以來，我在上一任女朋友離開後就保持單身，說到底是沒有人喜歡一個在這座城市被標籤為不太腳踏實地的人。

其實前任離開後，也出現過一位沒有嫌棄自己的人選，她欣賞我亦覺得我不會止步於此，但那時意志消沉的我沒有想過愛情，亦懼怕她對我的期望，因為自己的未來和前路一片迷茫，於是我迴避那位女孩，漸漸地她放棄了，然後我又犯賤地感到不捨，可是我又沒有勇氣找回她，說到尾是我放棄了自己。

就這樣，然後再也沒有然後。

可能不是沒有人喜歡像我這樣的人，而是像我這樣連自己也不喜歡自己，又怎能討人喜歡？

有很多朋友勸勉我放棄那場夢吧，反正書亦已經出過，算是完夢，該要夢醒面對現實，可是我卻覺得這場夢還未完，或許是我執著，又或者是我不太願意面對現實。

　　一直以來，我相信人生總有浮沉，雖然我沉下去後就再沒有浮起過。

　　一直以來，平靜是我的代名詞，平靜的人氣、連載時平靜的氣氛等等。

　　一直以來，我都抱著阿 Q 精神生活，總是鼓勵自己，美好的明天總會來臨，只是明天來了，而美好遲到而已。

　　我用了三年多的時間來習慣這種一直以來的平靜生活，諷刺地當自己習慣了後，卻意味著改變的開始。

　　沒錯，自從同屋主跑路，他的前任女朋友兼債主 Bella 搬了進來後，我本來的生活就被她改變了，準確來說是被她破壞了。

　　Bella 搬進來的第一晚開始，她就幾乎顛覆了我與女人相處的基本印象，也訓練了我的 EQ。

　　我充分體會到女人的可怕。

　　我和同屋主合資購買了一個鞋櫃，以前會覺得這鞋櫃尺寸有點偏大，因為兩個男人合共只有四雙鞋，但 Bella 卻把鞋櫃填滿，甚至連我的鞋子也在她苦苦哀求下讓位，最可怕的是我讓位後，她仍不夠位置，最終我要把自己的雜物架也讓出來。

　　六雙高跟鞋、五雙短靴、四雙長靴、四雙波鞋、兩雙涼鞋、三雙踩跟鞋，還有一對她在家裡穿的拖鞋，我曾懷疑過她是蜈蚣，否則怎能穿上這麼多雙鞋？

另外，她睡房門前的地板放了一張 Hello Kitty 毛毯，睡房門還貼上有「Sweet Home」字眼的門牌，睡房裡的大衣櫃被她不消一會的功夫便填滿了，電腦檯也放滿她的化妝品，床單換上粉紅色的被鋪，不過這些與我無關，只是我沒想到她竟然連窗簾也搬了過來，把原本的睡房窗簾換成了她喜愛的粉紅色窗簾。

　　她簡直把我眼前的世界變成了粉紅色。

　　接下來，她的護膚品把浴室鏡箱的所有櫃子都放滿了，原本屬於我的那一格慶幸她沒有打過壞主意，而她的洗澡用品也放滿了浴室內其他空置的層架。

　　同時，浴室又充斥著她喜愛的薰衣草味香薰，她還笑盈盈地跟我說香味是一種生活情調和品味，還挖苦我毫無生活品味和格調。

　　而以上只是冰山一角，亦只是第一晚的開始⋯⋯

　　每個人的住處都少不免會遇到一位愛在晚飯時間或假期早上鑽牆的鄰居，但與 Bella 對比之下，這些鄰居還比較可愛，至少他們鑽牆是間歇性的，並且可以報警甚至去管理處投訴，而 Bella 是無休止的，甚至連投訴也無門。

　　她很愛攤在梳化上一邊滑著手機，一邊哼歌唱歌，雖然唱得不錯，至少沒有走音，但對於一個需要安靜的人而言絕對是噪音。

　　她又不戴耳機，常在睡房開著喇叭播放歌曲，又或者播放一些 YouTuber 的影片。

　　她很晚洗澡，幾乎晚上十一點後才願意梳洗，而梳洗時間總需要一個半小時，更要命是她的頭髮很長，所以吹頭需時我是明白的，可是我不瞭解明明可以在浴室吹頭，卻偏要回到自己的睡房打開房門吹頭，而風筒的聲音對我來說又構成一種滋擾。

　　這些問題都不能治本，我只好治標地購買一個有降噪功能的耳機，可是她的惡行並不單只如此⋯⋯

　　那晚，我見證她如何逐步佔領同屋主的生活空間，我深深明白為何淪陷之後會有亡國之感慨。她徑自在自己的睡房點了香薰蠟燭，一陣類似玫瑰果香的甜味撲鼻而來，對於鼻敏感的我來說真是要命。

　　她在銀行工作，所以在她朝九晚六的工作時間，理論上是可以還給我耳根清靜的 me time。不過別忘了她很晚洗澡吹頭，翌日又很早起床吹頭化妝，其間又不忘播放著歌曲，因此每天早上我都會被她的鬧鐘喚醒，當我難得再睡回的時候，又會被風筒和歌曲聲所弄醒，直到幾經辛苦才撐到她出門上班，然後我便睡不著了。

　　她有很多生活習性使我看不過眼和無奈，例如她回家後不會立即換上一套乾淨的衣服，而是攤在梳化一段時間後才懶洋洋地更換衣物，對於有點潔癖的我而言是一種虐待，可是再多相處同住的不合，也只能以暗暗的一聲嘆息應對。

　　我認自己廢，敢怒不敢言，我認自己害怕與這個女人溝通，因為我們就像來自不同星球的生物。

　　看來我只好寄望她快點找個情人，然後早日搬離我的窩居，還我一個太平的天下。

但我太天真了。

我以為像她這種樣貌算是不錯，至少長得像韓國女星的女生來說應該追求者眾，畢竟那些追求者都毫不知道與她同住是種折磨；我以為她會忙著應酬約會，這樣的話我也會多一些私人時間，還有清靜的空間創作。

怎料，她每天下班都很早便回來，而假期時幾乎是足不出戶。

天啊，只要給回我原來的生活，我甚麼都願意。

可惜現實擺在眼前，既然已經引狼入室，我只好接受現實，安慰自己會過去的。

想著想著，我不禁因為對面房間的香薰打了一個噴嚏。明明已經隔著一道房門，味道竟然如此濃烈，而風筒聲在瞬間打破了我的思緒，我看著電腦的時鐘，時值晚上十時三十七分，比起往日，她早了很多吹頭，不過她的生活和她整個人都是無定向的，這點也令我不再感意外，唉。

未幾，風筒聲終於停歇，我不禁緩過氣來，接下來腦海閃過一抹不祥的預感，幾秒過後《Groove Coverage - God is a Girl》的旋律在家中迴盪，我的預感果然靈驗。

我倒抽一口涼氣，看著熒幕只是寥寥數字近乎空白的版面，我的腦海空白一片，想不到任何東西，甚至出現詞窮的現象，創作效率直線下降，總覺得這樣下去我會完蛋。

　　但其實我目前所寫的只不過是普通的網絡連載，沒有任何收益、對自己人氣不會有實際幫助，寫了將近四年多，社交平台的粉絲人數十分佛系，時而提升幾個讚好，又偶爾流失了幾個，總括就只是漫無目的創作，到底是愛還是責任？

　　其實是不甘心和執著。

　　我打開房門，看到她房門大開點著香薰，可是她人卻攤在梳化上瑟縮一角滑著手機，真理褲展露出那雙恰到好處的白皙長腿，因懂得塗上黑色甲油襯色而加分的指甲和腳甲，再加上白色的 T-shirt，這個配搭絕對是視覺效果上的一種衝擊，而且她長得真的不錯，素顏都已經完勝街上接近六成以上的女孩……

　　啊！我差點忘記了重點！

　　我連忙整合自己的思緒和語調，徐徐地上前勸說：「唔好意思呀，可唔可以熄細啲個音量？因為我趕緊稿呀。」

　　Bella 聽到後滑了手機一下，音樂在瞬間停止了，然後跟我說了一聲：「Oh sorry！唔知你要寫稿，你要寫幾耐？我盡量將個音量收細。」

　　她爽快地把音樂關掉這一點教我感到意外，早知如此我就不用這般苦惱。

　　「唔緊要，但呢排我都會趕稿，如果你想聽歌可以戴耳機，或者個音量收返細啲。」

話音剛落，我打算轉身走回自己的睡房，趁著寧靜繼續工作，可是她坐直身子好奇地問了一句：「我以為啲作家通常會喺 coffee shop、cafe 或者海邊好有型飲住咖啡咁寫稿，喺屋企就只係睇書。」

　　其實有 Bella 在的日子間別說寫文，連看書也會被她的噪音影響而分神。

　　或許，七天的時間的確不足以養成習慣，我不適應有她在的生活，也不習慣她的生活習性，但最核心的問題是我不想習慣！

　　「嗯？嗰啲係電視劇先會出現嘅情景。」

　　她的腦袋到底載了甚麼？

　　「咁你認識嘅作家係咪會打扮到好文青？」

　　我的腦海閃過了一張又一張熟悉的臉孔，可是沒有一個人談得上打扮很文青，畢竟對我們而言，與其費神去思考打扮，倒不如多寫幾句。

　　「作家邊有樣睇㗎。」

　　「咁又係，你個樣同打扮都唔似作家，你筆名叫咩？」

　　這是她搬了進來一星期後，我們第一次正式的交談。不知怎的，與她傾談時，我會有一種氣餒的感覺。

「我筆名叫莫少。」

「未聽過，哈哈！咁你識唔識張愛玲？你有冇見過阿邊個（不便開名）仲有阿邊個（不便開名）？我好鍾意睇佢哋 Facebook 啲文！我最鍾意阿邊個（不便開名）其中一篇，話女人犯錯講大話嘅時候唔係要男人苛責，而係要一個擁抱，內疚係會令一個人反省自己嘅過錯。」

我的腦海在瞬間把她的說話簡化了，就是：「冇人識你呀！」

我說：「小學生都知道犯錯講大話係唔啱要罰企啦。」

「咁可能係現代教育嘅失敗呢，擁抱都係愛的教育嘛，我信有啲人性本善，有啲人性本惡。」

「……」

我發現我的 EQ 和耐性正在急速下降，我發現我們之間需要一位翻譯。

為免我的 EQ 和耐性會被她耗光，繼而影響創作的心情，於是我扯開了話題：「其實你而家同我呢個識咗只係一個星期嘅男人一齊住，你屋企人知唔知？點解你唔搬返去同你屋企人住？」

「感情唔好囉，都係嗰啲嘅啦！」

「嗯？即係一直都係自己住？」

她用上急速的語調說道：「阿媽出軌同老豆離婚，老豆唔鍾意我，佢後來個老婆更加憎到我死，阿媽有頭家又唔理我，所以我咩都靠自己，辛辛苦苦忍到 U Grad 就搬咗出去，你寫書應該都聽唔少呢啲情節啦，唔好再問啦。」

我知道每個人都想對自己的過去輕描淡寫，但不能片言隻字便說盡的，往往是最沉重。

既然如此，我也放棄追問，畢竟把她問哭了我會不知所措。

「Sorry 呀。」

她長長地嘆一口氣問道：「咁你嘅真名？或者英文名呢？都未認真問過點叫你？」

「你可以嗌我莫少。」

無可否認，我不太喜歡自己本來的名字，而且有了筆名後，我便開始把筆名當成自己的名字。直到近幾年，我更加討厭自己本來的名字，又或者用一個較為矯情的說法，就是那個被出版社簽約後嫌棄的人，他本來的名字。

說到底，我討厭窩囊和失敗的自己，討厭得希望用那個疑幻疑真的筆名把真實的自己抹除。

「你真係姓莫？」

「唔關事嘅，主要係我鍾意呢個名，我原本個名平凡得嚟我又唔鍾意，不過而家啲朋友都會嗌我筆名。」

「真係咩？」

被她追問太煩了，因此我決定反問她：「咁你呢？你講唔講得你個真名？」

說著說著，她把身子在梳化上躺直，無可否認我的注意力又被她那雙長腿所分散，同時亦很羨慕曾經的同屋主，覺得他有點暴殄天物，但我知道自己的想法和行徑是很不該的，不過他最不該的是把我的 3000 元騙走！

我的思緒最終還是被她的言語所粉碎。

「甘雅瑩。」

金亞瑩？

這個人是不是覺得自己長得像韓妹又長得有點像 Yura，於是索性改個韓星的名字？該說她是自信還是腦缺鈣？

「你……好鍾意韓星？ Yura 金亞瑩？」

她不屑地看了我一眼，嘖有煩言地說：「你個腦除咗寫嘢，其實係咪都係一個不折不扣嘅宅男，滿腦子都係韓國女團或者日本啲女星？我個名係甘迺迪個甘呀，雅係優雅個雅，瑩就真係金亞瑩個瑩啦。」

心很累，明明是她有懶音，她的發音可以準確一點。

想不到我對她百般忍耐是枉費心機……

不過真的要找欣賞的角度，唯有欣賞她懂得甘迺迪的「甘」、優雅的「雅」，畢竟這年頭文盲很多，學歷與學識完全脫勾。

　　我暗嘆一口氣，然後徑自走回睡房繼續埋頭苦幹寫文。

　　這個人就是我的同屋主，我已經累得想不到如何形容這個人。

　　只知道正因為她，我的生活改變了。

　　我安慰自己，人生就是一點成功加一堆挫敗所組成，生活就是一點甜加十分苦，當作是苦瓜汁去喝的話至少透心涼，不管那種涼是淒涼還是冰涼。

　　她說，我們見過千千萬萬的人，可是從未有一個能夠觸動自己，經過歲月的磨鍊後，我們對生活再無憧憬，然後我們遇見一個人，枯燥的生活從此改變了。

Chapter 03
失敗者俱樂部（上）

　　自從 Bella 搬進來後，我的平靜生活被破壞，個人空間宣告淪陷。

　　當這些日子正式踏入第二個星期，我的鼻敏感問題漸漸緩和，但並不是 Bella 放棄了她那些帶有濃烈香味的香薰，而是我開始習慣了這些氣味，不過我十分討厭身體這種生理本能，因為我知道自己不可以習慣，習慣了的話，就會接納這個外來的入侵者，我過去平靜的生活就真的回不去了。

　　想著想著，我看著電腦的時鐘，今天是 2020 年 1 月 19 日，心中旋即百般感嘆……

　　唉，原來 2020 年只是過了十多天，怎麼感覺度日如年？

　　我每日仍然埋頭苦幹寫著自己的網絡連載，我知道在大部分人眼中這是沒有意義和沒有利益的事情，但對我來說這些毫無意義和價值的事情，卻是自己人生仍然前行的唯一證據。

　　其實我在那通出版社的來電後，我的時間已停止了。

　　或許有人會覺得這種一蹶不振很窩囊，但那種夢想在瞬間落空的感覺，猶如在做愛的過程中，對手突然消失不見，一切的激情和熱情在寂靜的空氣間消逝，餘下的就只有那個不知所措的自己。

我曾以為自己把夢想牢牢握在手中，可是在瞬間卻化為了泡沫，我知道自己一蹶不振，但唯有漫無目的地前行，自欺欺人地覺得自己一直前行。

　　啊，有 Bella 在的生活，我終於有空閒時間思考自己的人生。但這不是感激，嚴格來說是迫不得已思考人生，因為我實在寫不出文，想著想著便思考了別的事情。而原因是她在自己的睡房裡吹頭，風筒的聲響令我不能集中精神生活和寫文，腦海充斥著風筒聲還有 Ava Max 的《Sweet but Psycho》。

　　我以為她會懂得我需要安靜寫文的意思，但她卻回到睡房繼續播歌，更把房門留下四分一的門隙，她應該覺得這樣的話聲浪就不會打擾到我的工作環境。

　　想深一點我不敢怪她，在一間實用面積約三百呎左右的住宅，我們之間只隔著一道四十三毫米厚的門，聲浪當然沒有怎樣降低，要怪就怪香港的建築物料實在太薄。

　　因此我不怪她了，要怪就怪自己吧，但我可以怪自己甚麼？要怪就怪我的前同屋主吧！再見吧，我的錢還有我本來的生活。

　　歌聲和風筒聲漸漸緩了下來，我猜她會攤回梳化繼續滑手機。想著之際，我依稀聽到房門拉開和她走路的拖鞋聲⋯⋯

　　我為何這麼留意她？我戴上耳機不就可以解決一切嗎？但我戴上耳機仍然不能集中注意力，大概這份壓力源於生活，來自一位住在我對面房間的陌生人。

　　畢竟我很怕陌生人，在將近三年的時間裡，我很怕與陌生人溝通，更別論同住，連前同屋主也是中學同學，有著基礎認識情況才好一點，而且與他同住並沒有任何相處上的問題，最重要一點就是，那怕他帶陌生女性回來，也比起 Bella 一個人更為安靜。

　　從這點看來，她真的很吵。

　　我倒抽了一口涼氣，心想既然寫不出文章，那就去廚房倒一杯水吧。反正有點口乾，就在那個瞬間我聽到了微弱的電視聲，我曾反思過是自己的聽覺太過敏銳，還是 Bella 不能接受環境太過寧靜，因此她無時無刻都要製造出聲浪。

　　從這點得出，我不想習慣這種喧鬧的生活。

　　走出客廳，看到她換上了灰色的連身短裙睡衣，前瀏海夾了一個看似髮卷的東西。她又在梳化上瑟縮一角，專注地玩手機，對周遭毫無警剔，任由電視播著新聞，慶幸她不是播著老人台。

　　倘若我花點功夫，肯定可以把她裙子裡的風光看得一目了然，可是我偏沒有這點閒情逸致。

　　我走進廚房準備倒杯冰水，卻在雪櫃看到仍有十罐 1664 牌子的啤酒，心想很久也沒有喝過酒，也想感受一下久違的微醺。

　　我喝過幾口啤酒後，聽到了一則新聞，令我稍為分散了注意力。

　　「中國多地爆發肺炎，香港亦錄得首例陽性個案，一名 39 歲的男子從中國抵達香港……」

嗯，不知怎的自從過了 2019 年後，任何新聞也不再能使我感到震撼。

想不到那則新聞使 Bella 分散了注意力，不知她是自說自話，還是想主動打開話匣，抑或是跟電話的另一端在錄音聊天：「唔知會唔會好似沙士咁又爆過？」

她說罷看了我一眼，我才察覺是自己反應遲鈍。或許我太久沒有與陌生人甚至異性相處，因此很容易覺得無所適從？

說到底，可能是我變得孤僻了。

正確來說，是我愈來愈不了解自己，也不知道自己的想法。

「應該唔會嘅，就算會爆香港人都應該有經驗啦，買定口罩呀酒精呀漂白水呀呢啲日用品。」

說到口罩，我不禁對痛失 3000 元感到隱隱作痛。

「咁聽日放工我去買定啲？」

嗯？不會又是要我夾錢吧？

「夾幾多呀？」

「唔使啦，我都有份用，呢度我都有份住，有限錢啫。」

我突然覺得她其實人很好很大方，同時我知道自己很膚淺，但我們之間相處也不夠兩個星期，沒甚麼交情，不透過這些物質層面

慢慢去了解欣賞對方的話，我亦不知從何入手。

「我間房都有五盒酒精消毒濕紙巾，拎一盒畀你。」

她放下手機，看了我一眼，報以詭異的笑容：「點解你間房會有咁多消毒濕紙巾嘅？」

我本著禮尚往來的好意，怎想到這個人會想歪？

我不禁白了她一眼：「我用嚟抹 keyboard，同埋我有少少潔癖。」

她點了點頭，但繼續笑著：「原來係咁。咁你寫嘢寫成點呀？早幾日你同我講你趕緊稿，寫緊新書？」

她問起這道問題真是雙重諷刺，我還能寫成怎樣？進度慢得可憐，歸根究底是因為她本人，可是我又不好意思說白一點，畢竟我們仍會每日相見。

「麻麻啦，仲寫緊。」

「咁你出過幾多本書呀？」

「兩本啦。」

「Wow！已經出過兩本啦！呢本就第三本？咁你寫一本書要幾耐時間？」

「呢本……寫咗好耐啦。」

準確來說這本書寫了很多年，因為我所交的稿悉數都石沉大海。

「所以就要飲下酒刺激靈感？」

「係啡，突然想飲。」

「我想問好耐，我飲唔飲得？我又想要一罐，我好鍾意飲1664。」

看著她攤開手掌向我索取一罐啤酒，我本能反應走到雪櫃再取了一罐給她，她接過啤酒後立即坐直身子大口大口喝著，把那罐啤酒喝得像小孩喝可樂般。

我突然想起雪櫃裡的幾罐啤酒不是我買的，而是購自前同屋主和他另一位女朋友，不過這點我不應該如實相告吧。

接著，她輕輕拍了梳化一下：「坐啦。」

我竟聽話地坐了下去，與她並排坐著看電視喝啤酒，總覺得有點怪怪的，我悄悄地瞄了 Bella 一眼，感到一種莫名的壓迫感，於是我只好繼續悶不吭聲地喝著。

「係呢，你寫開咩小說？」

「都市愛情嗰啲啦。」

「你都鍾意睇愛情小說？」

　　話音剛落，我不期然望了過去，正想回答 Bella 之際，看到她握著酒罐仰頭喝下的姿態，真是異常誘人，令我不由自主地從她的下巴順著頸部一直瞄下去，為免令自己想多，我還是不望過去了：「冇咩點睇，一開始我都唔係寫愛情，只係啲人鍾意睇咪寫愛情，再用愛情故事包裝自己想寫嘅嘢，跟住就係咁漫無目的繼續寫，一直努力咁寫，直到我有能力寫咩都有人睇為止，咁我就可以寫自己想寫嘅嘢。」

　　想不到我的回答令她嘆了一口氣：「我成日都覺得喺呢個地方直接做自己想做嘅嘢好難，我覺得喺呢個地方努力搵錢只係為咗可以直接做自己想做嘅嘢，可以冇煩惱地去經營同選擇自己想要嘅愛情。」

　　我盡量抑壓著內心的感慨和怨憤：「努力讀書努力搵錢，同你講話為咗有個美好嘅未來同埋比較好嘅生活係呃人，其實係努力讀書努力搵錢，你先可以擁有返一個人本應有嘅基本選擇。雖然兩者好似冇咩衝突，只係講法唔同，意思其實一樣，但講到尾就係同你講，喺呢個地方可以活得似人已經好難得。」

　　說罷，Bella 苦笑一聲作回應，將手中那罐啤酒一飲而盡，而我也跟隨著她喝酒的節奏，把手中的那罐啤酒喝盡。

　　她的認同令我感到訝異，因為絕大部分人會毫不猶豫否定我這種說法，說甚麼要麼隨波逐流，要麼想寫就寫，哪管別人說甚麼，最緊要自己開心，很多人更會覺得一邊追夢一邊覺得孤單的人很矯情。

有些事情不是要別人認同，而是希望有人共鳴，猶如在一條陰溝裡行走，至少也有一絲微弱的燈光陪伴，好讓我們也走得不用太過孤單。

一開始的那份壓迫感，伴隨著我和 Bella 在這句話過後的共鳴漸漸消散，可能是酒精的化學作用見效，又有可能是兩個在不同領域的失敗者，在片刻間的圍爐取暖吧。

然後，我們一邊看電視一邊喝酒，我們交換了 WhatsApp，畢竟住在同一屋簷下，交換連絡方法也是方便溝通。經過將近兩星期的時間，我們終於有了對方的電話號碼。

最後我們把雪櫃裡的啤酒也喝光，估計她也喝得有點淺醉，變得臉紅耳赤，而我因為很久沒有喝酒了，酒量差得很，所以感到有點暈眩。

她笑著跟我說：「好耐冇飲酒，竟然有啲頭暈，好失敗呀！」

「咁我都有啲 wing。」

「唔係呀，我失敗好多。」

她不停重複這句話，開始把整個人攤在梳化上，更毫不避諱地把自己雙腿搭在我的大腿上，本該從容和漸漸緩和的壓迫感頓時變成尷尬，更要命的是本該充血的地方卻沒有充血，我是該要看醫生嗎？

我的臉變得更漲紅：「唔係，我失敗啲。不如你對腳唔好擺喺度。」

　「我覺得你唔失敗，喺香港做到作家出到書已經好叻啦，仲要出過兩本，到而家都仲繼續寫。」

　聽到這句話後，微醺的感覺瞬間一掃而空，整個人更立即清醒過來。

　我知道她這句話毫無挖苦之意，可是聽完這句讚賞後卻有點心虛，因為我並沒有她想像般的如此能幹。

　我是一位被出版社嫌棄銷量的作家，說白一點就是被市場所拋棄。我繼續寫下去只是因為不甘心和不想認命而已，而像我這種失敗者竟然得到別人無意間或者不知內情的讚譽，簡直是百般滋味在心頭，有一種唏噓、無奈和壓抑在心裡拉扯。

　我苦笑：「Thank you。」

　可是 Bella 已經睡去了，於是我小心翼翼把她的雙腿挪開，該死的是我的注意力卻有過數秒被她的小腿肌膚所分散，是一種恰似廣告描述的水嫩白滑，而且有光澤……

　清醒一點吧，慶幸理性最終勝過了誘惑，最終我在她的睡房拿出被子替她蓋著。

　我走到浴室凝視著鏡子中的自己，想起剛才 Bella 的讚賞，覺得自己受之有愧，畢竟在這個地方成為作者並不單純是能幹，只不過是很多有才華的人都放棄了，而剛好我仍未放棄，也僅此而已。

　當然亦有一部分人覺得成為作者和出書只不過是一件簡單的事，那些就另作別論。

我對著鏡子倒抽了一口涼氣，但並不是自戀和自大，而是提點自己要自量。

　　看著鏡子中的自己，我認清自己的狼狽與執著都是自找。

　　看著鏡子中的自己，我認清自己的失敗是合乎常理。

　　看著鏡子中的自己，我再三提點自己要好好自量，只是從未想過連接受別人的讚賞也會有心虛的感覺。

　　近年我甚少跑步，我把自己的睡房當成避風港，在避風港內每天都幻想自己總有日可以揚帆重新出發，但事實上我隨時都可以離開，只是我在迴避現實，漸漸地連踏出家門的動力也欠奉。

　　今晚我久違地去夜跑，順道散一下酒氣，令自己的腦袋更加清醒一點。

　　我喜歡夜晚的感覺，覺得自己是屬於黑夜，是屬於那個介乎現實與夢境的世界，而日間則是屬於正常人的。這並不是中二病，而是我喜歡晚上的寂靜，這座城市的白天太過喧鬧。

　　我沿著凌晨無人的斜路一直跑，看到不遠處有一個巴士站，就在那個瞬間下起滂沱大雨來，我見狀趕忙跑到站內避雨。

　　我在簷下一直看著夜空下著猶如飄絮的雨點，直到細雨零落，我也不願離開，但實情上這種程度的雨點算不上甚麼，縱使轉身跑回家也不致渾身濕透，偏偏我卻害怕自己被雨點沾濕。

　　我知道不論看著鏡子中的自己多少遍，不管提點自己多少遍自量，只要繼續待在避風港的話，我就可以繼續自欺欺人，不用面對現實，也不用面對自己的失敗，更不須要接受市場的批判。

　　我看著那片被飄雨灑過的晚空，不期然沉醉在回憶，我曾經在類似的晚空下，想著自己何時才能夢想成真，可以出書可以正式成為一位作家。

　　想不到兜兜轉轉後，我彷彿回到原點，只是現在已經物是人非，但我仍然繼續迷茫。

　　在思緒的盡頭，我掏出手機打開了 Instagram，切換到自己的私人帳戶，然後看著搜索欄目第一位的那個帳戶名稱，不期然倒抽了一口涼氣。

　　這麼痛這麼無奈這麼寂寞，為何仍然繼續執著？

　　突然，手機久違地響起，其實不是沒有人找我，而是我選擇將自己與世隔絕，可是又害怕別人有緊急事情會致電我，所以沒有將手機設為請勿打擾的模式，而是將所有人的 WhatsApp 全都設定為靜音，唯獨 Bella 是新加入的聯絡人，因此不受這個影響，這一響起彷彿諷刺著我舊有的生活，注定要被這個人所打破。

　　「Hi！你出咗去？可唔可以順便幫我買樽奶？同埋幫我求其買包糖呀，plz！」

　　「因為我落唔到梳化，頭好暈好痛呀。」

「同埋係你幫我冚被？ You are so sweet ！唔該你幫埋我買樽奶同糖啦，我會畀返錢你。」

看來 Bella 的喧鬧會開始蔓延到我生活的其他部分，哈哈。

「Okay ！」

她說，愈懂得何謂難過的人，愈是看來若無其事。

Chapter 04
失敗者俱樂部（中）

回到家後，我把牛奶和糖放在茶几上。Bella 繼續在梳化睡得正酣，因此我沒有打擾她。

我洗了澡，或許是出了一身汗的緣故，一直便秘般的腦袋卻突然清醒過來，不過回到睡房後我並沒有繼續寫文，而是滑著手機打開了 Instagram，按進了搜索欄目第一位的那個帳戶名稱⋯⋯

我知道我在惦記著那個在我狼狽時仍然主動去愛的人，我知道我在懊悔著自己因自卑而錯過了的那個人。

她現在是一位在社交平台偶爾分享烹飪的 KOL，偶爾還有在社區中心等地方教班，她只有一個帳戶，她跟我說過她喜歡簡單，甚至覺得擁有多個帳戶或者身份的人很複雜。

我們現在仍有互相追蹤，我擁有的兩個帳戶都有追蹤她，而她的帳戶亦有追蹤著我兩個帳戶，只是我沒有讚好過她的帖文，因為我害怕連一個讚好也會驚動到她，可能我把自己想得太重要，但更多的是愧疚。

看著她與現任情人甜蜜的合照，我的嘴角上揚，但內心和鼻頭卻有一息酸溜飄過。

沒有人生活在過去，也沒有人生活在未來，現在是生命確實佔有的唯一形態，那是叔本華所說的。

道理上我也認同，沒有人活在過去，也沒有人活在未來，每個人都活在當下，只不過每個人的步伐不一，有的會追緊生命的步調，有的會走得比較慢，就像我。

　　其實我並沒有真的向前走過，只是順著時間推進，猶如一片落在河流的枯葉，任由流水將我擺弄，沒有想過終點是汪洋還是湖泊，抑或一直飄泊，亦不敢想哪兒是目的地，因為我也是身不由己。

　　像我這種執著的人，對自己最好的方法就是不要說也不要問，一直固執地朝著夢想追趕。因為只要說了問了，我們就會猶豫，然後看清自己的天真後，就會變得狼狽萬分。

　　以前我面對失敗和逃避從無猶豫，因為我總覺得這是應對眼前無可奈何的狀況的唯一選擇，可是現在我卻對自己所選擇的現況感到猶豫。

　　曾經因為失敗而看清自己的狼狽後，我選擇看似鍥而不捨但實際上是消極的抵抗，抵抗活生生的現實，抵抗那通電話過後的一切，騙自己我並不是沒有人愛，而是我放棄了那個主動愛我的人。但現在我卻變成聽到讚賞也會心虛，我突然看到自己不堪的模樣，再被那份衝擊喚醒……

　　大概，那份衝擊來自生活，一直以來我認為這樣活下去是可以的。因為沒有人問也沒有人說，連我自己也放棄了對自我的思考，直到某天 Bella 到來，她進駐了我的家，她的疑問和言談也間接使我重新思考。

　　當然一開始的思考只不過是為了與她鬥嘴，或是思索如何啟齒跟她溝通，但後來我也藉著這些來思索自己的人生，從而令我對自

我這回事重新審視。

只是我從沒想過一片小小的浪花，竟然慢慢地激起了這片思緒交戰的千層浪。

當我重新思考的瞬間，我卻有了思念，想起了一組由英文名和數字組成的名稱，再憶起一個一直不敢想起的名字……

Hebe 魏婉雯，她很喜歡 SHE 的那個 Hebe，因此也改了這個英文名字。她是我第一位成為朋友的讀者，我們也曾經投契地無所不談，她為失意和失戀的我帶來一點慰勉和依靠，但然後就沒有然後了。

我呼了一口氣，今晚的思念也到此為止，因為我深知道想太多會沮喪，而且困在後悔的地獄裡，也只能時而想念、時而裝作若無其事，思緒在晚上總不由自主，直到真的若無其事後，才能夠離開那個地獄。

然後，我把自己的想法、感受、思念還有過往的種種寫下來，寫成了一個新故的序和第一章，直到晚空漸漸變成寶藍色，漫長的夜晚宣告結束，不消一會我就陷入了濃濃沉睡，在睡去前的幾秒，腦海掠過一句歌詞，是我的感受，同樣是我的心底話。

細數慚愧，我傷你幾回……

在那個夢境裡，我夢見前任離開，夢見一堆不堪回首的往事。當時我心灰意冷，朋友都推動我找些事情忙，例如報一些興趣班，去一個旅行，好讓自己分散注意力。

去旅行⋯⋯我實在沒錢，所以我選擇報興趣班。

但不知怎的那個時候的我變得很怕面對群眾，害怕的程度與社交恐懼無異，因此我詢問職員有哪些興趣班比較少人，這裡的職員很熱愛公司並且很盡責，一開始說我們中心的興趣班全部都很受歡迎，我和朋友有點不耐煩地叫他說真話，然後他就說了烹飪班和花藝班最少人報名。

花藝班對我來說太沉悶，我害怕自己會睡著，因此我選擇了烹飪班，而我和 Hebe 正是因為烹飪班而認識。

但我們並不是一起上烹飪班，而是我上課太無聊，加上對自己所煮的「佳餚」只可自嘲，於是就用公開的那個社交平台帳戶更新了一則帖文：「我都係拎返枝筆算，學煮嘢食唔啱我。」

在數十個讚好以後，我收到一則訊息，頭像是全黑的，只知道這個人是一位女孩，畢竟叫 Hebe 的大多是女生吧？

「咦！係咪 XX 中心呀？我喺嗰度上緊日文班，哈哈。」

「咁啱？」

「轉頭睇下撞唔撞到你？可以拎你本書畀你簽名？」

「你隨身袋住？」

「唔係呀，係我經過書局見到所以咁啱買咗！嘩，估唔到有機會撞到你真人，仲可以搵你簽名。」

　　那時候，我對於有機會被人野生捕獲感到不安，我覺得自己即將變成一頭野兔。

　　可是過去的不安，換到夢境裡都會變得很好，嚴格來說把過去重演一次的感覺很好，因為她還在，而且那時的我們都很好，只要在結局來臨前、在她說想念和喜歡前、在我自卑而迴避她的情愫之前、在她心灰地淡出我的生活前睡醒的話，一切都會繼續很好。

　　至於睡醒的後遺和落差，就夢醒後再說吧。

　　不過睡醒以後，反差的感覺不大，或許是因為我的注意力集中了在 Bella 的風筒聲，我發現這個女人對自己的儀容很講究，昨晚明明喝醉，一大清早竟仍然一如以往地起床梳理自己那把啡色長髮，更悉心地用風筒吹得蓬鬆，而代價就是我被她的風筒聲吵醒了，直到她出門的瞬間，我才可以再睡一會，但過不久就會自動起床，這些都是我的生理時鐘使然。

　　我只睡了三個多小時，然後我打開電腦開始了是日的工作。

　　我現在的正職是網絡編輯，專門管理一些專頁，替那些專頁撰寫文章出 post，甚至連繪圖都要一手包辦，以換來微薄的薪水，足夠交租和水電費還有基本的生活開支，而我的客戶大多都是一些仆街，覺得懂寫文的人多的是等等，但再難聽的說話我也只能當耳邊風，因為窮呀。

　　這份工勝在時間自由，可以讓我多點時間經營自己的寫作事業……

嗯，事業？算得上嗎？用上這座城市的人的口吻，這些賺不到錢的不能稱為事業，是不務正業。

回過神來之後，我沒有因為昨晚的夢境感到任何不適應，或許我真的當作是一場夢，又或者我習慣了這種夢境和現實間的落差。

畢竟我做過很多美夢，從前的我在夢醒來的一刻會感到失望，因為夢境裡的一切都是假的，只是眼前的當下是真實。

但是現在的我可能已習慣了這種感覺，沒有夢境和現實的不適應，因為我習慣了失望和失落。

說回我被打破的寧靜生活，除了 Bella 日常在家所發出的音量，還有那陣濃烈的香薰以外，她亦絕非毫無可取之處，至少昨晚我們把酒喝光後，明明那些酒我有份喝，更不是我買，雖然我沒有跟她說，她亦悉數補回，並且把雪櫃填滿，害得我有點內疚和有點難為情。

她言出必行這點我也頗為欣賞，昨晚說過購買一些酒精、口罩、漂白水等衛生用品，她今天下班回來便全部買齊，共有兩桶酒精、兩支漂白水、四盒口罩。

曾有一刻覺得，她也是一位不錯的同屋主，只是稍為嘈吵一點。

「你⋯⋯有冇頭痛？」

「冇啦，多謝你買嘅牛奶同埋糖呀。」

這是我們同住後第一次正常對話。

　　或許在沒有酒精的幫助下，我真的很怕與不太熟稔的人聊天，尤其是當我看到 Bella 對我報以笑容的瞬間，整個人都被一股緊張得顫抖的感覺所籠罩。

　　明明她就只是一位穿上正統 OL 裝束，連絲襪也未脫下，剛下班回來的美少女。而在她微笑以前，在我們寒喧之前，她還替我買了很多衛生用品，更添置了雪櫃的啤酒和食品，雖說我們同住一屋簷下，只是她其實是可以置之不理，畢竟她只不過是因追債而進駐此處的受害人。她這些舉動，換上其他正常男人肯定為之動容，但我⋯⋯

　　嗯，我承認自己有點不太正常，我沒有動容，我在害怕她的好意和微笑。

　　我不是害怕與異性接觸，而是我真的不能與陌生人或不太熟悉的人正常對答，彷彿在這些年間我所丟失的不單是寫作事業和愛人的能力，甚至連正常社交也漸漸變得生疏，再也練不回來。

　　我點了點頭，準備走回睡房之際，她追問：「見你平時夜晚好似唔食晚飯？你有冇興趣一齊食？」

　　「Sorry 呀，我慣咗夜晚唔食嘢。」

　　「吓，點解呀？你唔會係為咗減肥呀？一齊食啦，我都好耐冇喺屋企同人食飯。」

　　「唔係為咗減肥，sorry 呀，有機會先同你講。」

我堆出一抹生硬的笑容，畢竟我婉拒了他人的好意。關上房門後，我一邊繼續埋頭苦幹對著電腦寫作，一邊想起自己晚上不吃晚飯這個習慣是怎樣養成的。

　　在我失戀後有一段日子過得特別艱苦，尤其是當我第三本書的出版落空後，我的 freelance job 直線下降，經濟情況變得拮据，交了租後就不夠基本開支，因此為了慳錢，我慢慢養成每天只吃一至兩餐的習慣，後來更為了自欺欺人，我決定晚餐不進食，當作是為了健康，其餘那一至兩餐的時間調節一下就可以。

　　那是我過得最痛苦的一段時間，亦是最鮮為人知的黑歷史。

　　那段日子我沉醉寫作，因為在自己的世界裡，就不用面對現實世界的困苦。

　　在那段日子裡，因為連續被幾份 freelance 拖糧，最後窮困的我只好把自己的手提電腦變賣掉，只餘下一台 desktop，而變賣所得的金錢就用來交租。

　　一個寫作的人要把自己的電腦變賣，猶如將自己的靈魂割了一半，為的就是得到那一疊鈔票，用來交租和每天吃一餐。

　　或許，像我這種不切實際的人最為犯賤，明明都已經退無可退，卻仍然不知何故而執著。

　　那時使我撐下去的不是信念，而是麻木。

　　我時刻都有一種厄運來訪的心理準備，久而久之無論面對任何衝擊也好，逆來順受就會習慣成自然。

　　後來，我找了一份便利店夜更的兼職，因為夜更人工比較高，而且人流較少，可以忙裡偷閒用手機多寫幾隻字，那裡的經理人很好，或許是特許經營的緣故吧，他經常提早出糧給我，甚至我借糧周轉生活也毫不猶豫自掏銀包給我。

　　只是這座城市專門懲治好人，在某個晚上，那晚我放假不用上班，便利店被打劫，經理的左腿和左手被賊人打傷，過一個月後因為行動不便，結果只好把經營權交回，而新任的經理把我的上班日數減得太多，因此我也辭職不幹了。

　　而我與這個曾經的「老闆」也偶爾聊天和彼此寒暄。

　　那件事加上那段日子的種種使我開始疑惑自己是否應該放棄，聽其他人勸說腳踏實地找份全職，但我卻覺得自己又不是沉醉玩樂，為甚麼我現在就不是腳踏實地？

　　難道寫書、寫作、創作就真的如此下賤？

　　為甚麼要接受家人的不認同和那一句活該？為甚麼不跟隨主流的意願就一口咬定是歪路？

　　或許有人會將這種執著稱為死性不改，我認自己執著，我認自己死性不改。

　　最終，我在那個時期寫成了一個頗有人氣的網絡故事，使我社交平台的追蹤人數迎來中興，但亦改變不了我那時的經濟困境，而且第三本書繼續石沉大海，出版社也不屑一顧，我曾低聲下氣地打過一通電話給出版社，換來是「你所撥打的電話暫時無人接聽⋯⋯」

後來，其中一位同為作者的朋友介紹了一份工作給我。

我與這位朋友同期出書，只是他的人氣時至今日比我高很多，仍不斷有出版社青睞，著作更是一本接一本，或許那就是時也命也。

不管怎樣，我經這位朋友獲得了一份工作，時間自由不影響我寫作，就是我現在這份網絡編輯的工作。這份工作的客人大多都很仆街，老闆也很苛刻，可是我知道他是蛇口佛心，薪水微薄但勝在穩定，並且可以在家工作，聽他有意無意說過，他曾經也是滿懷夢想的人。

就這樣加上很多個然後——然後報了興趣班、然後認識了Hebe、然後認清了自己有多卑微，也覺得要自量，以我這樣的境況根本沒有資格經營一段關係，再經過更多的然後，我知道自己習慣了自己的處境，而所謂的習慣也是麻木的美化詞，接著我搬到這裡，直到 Bella 追債找上門……

多少事欲說還休，換來也只不過是一抹唏噓猶在心頭。

一邊想著一邊寫著，本應對往事和現況麻木的心，卻猶如結焦又被抓傷的傷口般再度隱隱作痛起來。我竟然又想喝酒，我發現自己在回味、眷戀著那種淺醉微醺的感覺，因為那種不太清醒的感覺使我暫時解脫，讓自己的靈魂得以喘息。

我步出睡房，那時 Bella 在洗澡，想不到原來一邊回憶一邊寫作的時間可以過得這麼快。

從雪櫃掏出一罐啤酒，大口喝上一啖，其實一直以來我對啤酒沒有特別喜愛，但它是最便宜的酒類，在雪櫃裡的地位與可樂同等。

它可以使我喝醉，我知道自己會對杯中物日漸依賴。

麻木使自己迷茫，醒來又令我痛苦，我只好效法他人借助酒精來使自己半醉半醒，這樣的話不用太迷茫又不用太痛苦，剛剛好。

我在廚房喝了一整罐，正打算從雪櫃多拿一罐回睡房繼續買醉，怎料 Bella 從浴室走了出來，並且雙眼發光地打量著我手中的啤酒說：「喂，飲酒又唔叫我，一個人飲係冇意思㗎。」

但願今晚不是一個又到便利店買糖和牛奶的晚上。

她說，麻痺後回復知覺的剎那間，對外界是最為敏感，有人會害怕那種不適應的感覺，寧願繼續麻痺，有人會極力使自己適應起來。

Chapter 05

失敗者俱樂部（下）

「睇嚟你都係鍾意夜晚瞓前飲下酒嘅人。」

不知是我酒後胡裡胡塗，抑或是真有其事，我看著頭髮半乾的 Bella，縱使她只是穿上普通的睡衣長褲，也顯得格外迷人。

往日我面對著她也敢偷望幾眼，但今晚竟完全不敢正視，是怕喝醉後把焦點錯放惹起誤會嗎？

但明明我只是喝了一罐啤酒，就別裝醉作藉口吧。

我支支吾吾地答：「都係最近嘅事。」

「係一個好習慣。」

話音剛落，她攤坐在梳化上說：「沖完涼再飲罐啤酒係最爽。」

「點解？」

「因為醉醉地會好瞓啲，唔該！」

語末，這可能是她的例牌動作，她攤出右手手心，然後我又不期然地從雪櫃拿了一罐啤酒給她。或許這是她的慣性動作，而我覺得是舉手之勞。說到底我很怕拒絕人，那怕只是一件小事，那怕只是遵從自己的意願而拒絕他人。

　　每當我開口拒絕後，隨之而來就是充斥心底的內疚感，縱使內疚感的維持時限因情況而異，但我就是害怕，或許我怕的不是因拒絕而傷害了他人，而是我害怕自己受不住這種被內疚折磨的感覺。

　　這樣的話算得上是自私嗎？

　　但後來我明白到比起拒絕別人，因迴避他人而沉默會更傷害他人，而那股內疚亦會默默無形地一直跟隨著。

　　不管怎樣說，兩種剛好一拍即合的動作和習慣，形成了一種默契。

　　或許兩個陌生的人同住一間屋，就只好找地方欣賞對方，這樣的話心理抗拒自然會漸減，至少可以令自己的生活過下去。

　　嗯，明明以前讀大學住 hall 的時候得心應手，現在怎麼反而退步了？

　　啊，大學時男女是不能同住一 hall，但為甚麼我記憶中那時會有女生自出自入？

　　我們繼續坐在梳化上一邊看電視一邊喝著啤酒，彼此間沒有談話，或許是酒喝得不夠，因此我們默默地一直喝一直喝，直到三罐過後，一則晚間新聞打開了我們的話匣。

　　「本港兩宗高度懷疑個案已確診感染新型病毒……」

　　「唔知會唔會真係爆疫症？今日都見好多人去買消毒用品。」

「唔知呀？咁排好長龍？」

「還好啦。」

想不到我們竟然會閒話家常，明明這種閒話家常其實是一種平凡不過的事情，但發生在我們身上感覺有點怪。

彼此只認識了兩個星期，卻住在同一屋簷下，明明沒有任何共同回憶，卻在促膝閒談，對我這種怕生的人來說簡直是不可思議。

明明兩星期前我仍在繼續我的避世人生。

沒錯，由某天開始我一直維持著這種狀態，我把這裡當作是我隱居於市的地方，可是 Bella 搬進來後，彷彿一切都亂了套，但……我的創作靈感在這兩天卻如湧泉，經過兩天的努力，已經把該要連載的故事寫了一半，而速度簡直回到想當年的顛峰時期。

我的眼尾不期然一瞥喝得臉紅耳赤的 Bella，米色的睡衣是那種平實得來，卻能看出她是深藏不露的那種，瑜伽褲突顯出她的線條，看著看著，我的腦海在瞬間變得紊亂。

她很誘人，誘人得致命。正因為她誘人，我的心跳在加速，溝了酒精的血液急促上腦，結果令我想得更多。為了分散自己的注意力和避免她發現我在偷望，我只好一邊看電視，一邊大口大口地喝著啤酒，在偷望與迴避間，變成了一種該死的循環。

她很直率，直率得有點煩，她的外表與經過幾天相處後認知的內在有點不同。

　　我直覺認為她的內心很清純，畢竟我認知的女人有兩種，一種是假裝清純，另一種是內在清純而外在不清純。

　　沒錯，男人亦只有好色和極度好色，但我與她真的不太熟稔，那怕我如何胡思亂想也好，亦找不到任何一個想像的原點，只能膚淺地「欣賞」她的外在。

　　呸，還敢說自己是一位作家，毫無想像力。

　　「係呢？你真係搵唔到佢？」

　　我知道 Bella 所指的是拿了我 3000 元跑路的那位前同屋主，即是她的前男友。

　　這個關係使我突然如夢初醒，畢竟她是我朋友的前任，其實這樣的偷望，好像也有違道德，但我們卻住在同一屋簷下，並坐在同一張梳化喝酒，簡直是挑戰道德的底線。

　　還是別想太多，只要不想的話，就不會覺得有問題，這個時代的人大多是這樣處理事情，我覺得甚是管用。

　　「係呀，全部都單剔，連 Instagram 帳戶都 delete 埋。」

　　「但我聽其他苦主講，佢有三個 Instagram 帳戶。」

　　噢，我只有他一個帳戶，看來我們其實都算不上朋友，這樣想的話，因偷望 Bella 而受的道德譴責會輕一點。

「我都係呢刻至知。」

「我都係今日先知，我覺得其實佢好陌生，我都唔太認識佢，甚至懷疑我冇認識過呢個人，成件事好恐怖。」

「我都覺。」

話音剛落，我們步伐一致提起酒罐喝上一口，但我們在瞬間的所思所想應截然不同。她的比較沉重，畢竟我被騙的只有金錢，雖然都重要，而她被騙財更被騙色，我相信他們一定有做過愛吧，畢竟同住一屋簷下，怎可能忍得住？

利申，我會把持得住，是因為我們不是情侶關係，而他們是合理地做愛，如果我們之間真的做了愛，接下來的日子只會過得更尷尬，而且以我的條件，我害怕她會報警。

「我真係覺得自己好傻，搞到唔敢面對啲朋友，咩都要自己食晒。」

「點解呀？」

「因為佢呃我其中一個好好嘅女仔朋友話投資搞生意，結果我朋友真係畀咗錢佢，呢個朋友對我嚟講好重要，我覺得好對佢唔住，佢係因為我至信嗰條友。」

「咁你咪當係你朋友一時貪錢。」

她義正詞嚴說：「我唔准你咁講我呢個朋友！」

　　我嚇得立即道歉，畢竟發瘋的 Bella 很可怕，這在我們第一天見面就已經領教過。

　　「Sorry。」

　　她變臉速度很快，剛才氣沖沖的模樣立即變了一張沮喪的臉，我有一刻想提議她進修演技，說不定真的可以進軍韓國，哈。

　　「我應承咗每個月出糧會慢慢還返錢畀佢，但佢都仲嬲我。」

　　「其實……你要幫佢還好多錢？」

　　「計計埋埋差唔多一年人工嘅八成，當自己買個教訓唔好再咁天真相信愛情。」

　　她抓狂地補上一句：「唉呀，我好蠢呀，點解要搞到咁呀？」

　　我知道她在抱怨，但抱怨的盡頭也離不開殘餘的情意，明明該要恨一個人，令自己重新開始，卻偏偏有所猶豫，仍會有點天真地思念，我覺得這種留戀很可悲。

　　她一口氣把整罐啤酒喝盡，手腕發軟地把酒罐扔在地下，像我這種有潔癖的人見狀心想：「唉，明天又要拖地。」

　　可是她也有可憐之處，今晚就不怪她吧。

我默默地把扔在地上的罐拾起，從她的眼神不難看出，她已經喝得半醉，動作開始有點遲延，手有點不聽使喚，她怎樣也拿不到放在茶几上的啤酒，而且說話的語調比正常情況更神經：「拎唔到呀，點算？」

　　「唔好飲啦，聽日仲要返工。」

　　「我要飲。」

　　「你再飲就醉啦，就咁傾偈咪算囉。」

　　「唔會啦，我要飲呀。」

　　「唔准飲呀，傾偈咪算囉。」

　　她嚷道：「我要飲呀！」

　　我有點不耐煩地說：「如果你嘔到成身成頭都係，我係咪要捉你去沖涼呀？」

　　她突然靠得很近並笑道：「咁我哋傾偈算啦。」

　　我怎麼會說出如此輕薄的話？但管用就好了。

　　「係啦，傾偈啦，唔好飲啦。」

　　「咁點解你淨係用筆名稱呼自己？」

　　「唔太鍾意自己個名啩，應該係討厭……？」

「咁點解要討厭自己本來個名？」

「可能唔係討厭自己本來個名。」

　　她真是問題少女，甚麼事情都愛尋根究底，而喝醉後的她果然更煩。

「咁係咩原因？」

「而係總有啲人天生討厭自己，又或者會隨住年紀而愈嚟愈憎恨自己。」

「點解憎自己呀？你個人都唔係太差啫。」

「憎自己失敗啩。」

「你知唔知呀？失敗唔可怕㗎傻瓜。」

　　我嗯了一聲：「咁有咩係可怕？」

　　她苦笑答道：「最可怕係，你信呢句說話。」

　　我不禁苦笑，她接著說：「不過，我都有信過呢句話，但我都覺得自己好失敗，揀男人又特別冇眼光。」

「總有一啲原因令你揀佢，係令你欣賞㗎嘛，而且你有因此而開心。」

　　她點了點頭：「其實我都好多人追㗎……」

我承認我藉著這個機會打量了她幾眼：「睇得出。」

「你聽我講埋先啦，最記得情人節呀生日呀，都有唔少男仔送嘢畀我，但只係得佢記得我對花敏感，同埋我唔食得士多啤梨，我覺得佢好暖男呀。」

雖然我作為男人，但我也不得不承認，這個故事證明了任何暖男也有可能是一台中央暖氣甚至是一位騙子。

「吓，士多啤梨我好鍾意食㗎。」

「咁如果下次我又收到，你記得幫我食晒佢。」

「都……得嘅，你指嘅係士多啤梨呀嘛？」

「係呀。」

「咁你都大把人追，證明受歡迎啦，都唔算失敗呀。」

她嘆道：「我出身已經唔好，讀書努力但又讀得唔好，份工又唔係做得特別好，感情上就經常遇到仆街，而家仲要搞到自己辛辛苦苦儲落嘅錢都冇晒，仲要爭銀行錢……」

話音剛落，她竟然落下淚來，再慢慢地半躺在梳化上，又把自己的小腿搭在我的大腿上，但這次我沒有亂了方寸。

「唔好咁啦，咁……而家都有呢個避風港呀。」

或許，我們都有一些相同的特質，至少恰巧在這個地方避世。

她淚眼汪汪地笑道：「咁呢個避風港係咪叫失敗者俱樂部。」

我故意說笑：「最好唔好啦，兩個人住就夠，地方唔大呀。」

她瞇著雙眼問：「哈，你幾時生日？」

我不禁打了一個呵欠：「你想知我星座咋？」

「我已經唔信星座，純粹想知你幾時生日？順便問埋你幾多歲。」

「7 月 13 號，92 年。」

她醒了一醒：「咦，我 8 月 13 號呀，啱啱好遲你一個月，細你四年。」

「哈哈，咁一定記得。」

「不過你個樣真係唔似 92。」

「似 82 ？哈哈。」

「唔係呀，話你個樣都唔老。」

　　說著說著，我也不知不覺地睡著了，甚至完全沒在意自己怎麼會突然睡著，或許是喝了啤酒的緣故吧？醒來的時候天已經亮了，陽光從窗戶射進來，Bella 也出門上班去了。

我坐在梳化呆若木雞一會，由於睡了一晚梳化，腰有點酸，頭有點痛，我伸了一把懶腰，走回自己的睡房，拾起在床上的手機，發現有一則 WhatsApp 的提示：「你已被 Bella 新增進失敗者俱樂部。」

　　她在 WhatsApp 開設了一個只有我們兩人的群組，我不禁笑了笑，然後在群組問道：「得兩個人嘅群組個作用喺邊呢？」

　　我還在訊息的結尾加上了一個哭笑的 emoji。

　　「起身啦？你唔覺得有個群組先叫住埋同一間屋咩？」

　　我在現實和手機的回覆幾乎同步：「吓？咁好啦。」

　　這個女孩的想法可真是奇異，但我又覺得這是一種生活趣味，感覺不錯，至少宿醉的不適已被一掃而空。

　　她說，我們一開始都在追求很多慾望，最後我們只追求最簡單的慾望，就是快樂無痛苦。

Chapter 06
意想不到的讀者

　　我很喜歡輕敲鍵盤時的噠噠聲，總覺得有一種自己仍在努力的感覺，猶如一闕柔和的樂曲撫慰著自己那顆抱有疑惑的心。

　　因為在寫字的時候，我可以把自己內心的感覺悉數寫下，不用想太多，寫出來就可以了。

　　我很喜歡日間聽到這種噠噠聲，因為有一種「秘撈」的感覺，趁著工作的閒暇做著自己的事情。但令我更自豪的，是我的「秘撈」並沒有報酬，只是普通的網絡連載，出書機會很微，更沒有任何收益，可以說是為文藝而犧牲。

　　嗯，我只好這樣安慰自己。

　　經過奇怪的兩晚，今早還被新增到一個只有兩個人的群組，接下來兩日我們卻繼續一如最初的生活，她下班回來重複著自己每日的習慣，我繼續在睡房埋頭苦幹撰寫連載，我們的生活除喝酒以外就沒有交集，彷彿那兩晚的事情從未發生過。

　　或許，不論昨天發生甚麼怪異的事情，明天或者後天都會繼續以昔日的方式繼續運作，那丁點的波瀾根本毫不重要，發生過的也只是發生過而已。

　　話雖如此，但發生過的事情依然有些微的影響力。

以前我從沒有時間觀念這回事，應該說我不再理會時間，因為不論白天還是夜晚，我都是這樣過活，只是要做的事情不同，但我仍是沒有生活，只是破破落落地活著而已，更甚是我曾經覺得外面的世界與我的世界是有時差的，外頭的時間是一分一秒地過去，而我的則慢得恰似沒有流逝，就像我知道太陽落山後會迎來黑夜，黑夜過後就會有黎明，但我就是覺得沒有分別。

　　但直到最近，Bella 起床吹頭化妝時，我就知道是早上，每天早上都會醒來，接著又睡不回去，除非喝得大醉，而她出門後就是家裡最寧靜的時刻，我會趁著這些時間一邊寫文，一邊上班，至於她回來的時候約晚上七時多，家中的環境開始嘈雜，等到家裡回復寧靜的時候，就是她回睡房睡覺時，是晚上約十二時多。

　　我對時間重新開始有了認知全因她而起，亦正因如此我的時間彷彿迫不得已重新流動。

　　鍵盤聲在耳邊作響，眼前的電腦熒幕被我輸入了「全文完」三個字後，一個寫了接近七個月毫無進展的連載，一顆塞了將近三年的腦袋，居然在這兩星期內解放，連載被我用上幾天的時間就趕成，我不禁緩過氣來，這時，電子鎖的開門聲令我看了時鐘一眼，剛好七時三十二分，是 Bella 下班回家的時間。

　　我掙扎過應否踏出房門跟她打招呼，畢竟我覺得熱情與我的形象格格不入，不是我個人生性冷漠，而是我不論熱情與否都生怕別人會覺得自己很怪。

　　而今晚稍有不同的，就是聽到 Bella 走進房門並把房門關掉的一下聲響，這點令我感到愕然，因為依照她的習慣，她回到家後首

先會嘆一口氣，接著攤在梳化，然後把電視開著，彷彿她是接受不了寧靜這回事。

慢著，怎麼說得自己很了解她？女人猶如變幻莫測的天氣，相反有變化才是正常不過的吧。

別管她了，我戴上耳機繼續重看一次自己剛寫好的文章，過了一會我開始察覺到異樣，於是我從睡房走出客廳，客廳的燈並沒有亮著，相反開著了一盞不知哪裡來的月球燈，光線昏暗氣氛看似浪漫但依我看來卻是詭異得很，只見一抹黑影瑟縮在梳化上，我知道那不是鬼，而是 Bella，只見她手中捧著月球燈發愣。

她搞甚麼鬼？今天是萬聖節？明明現在時值年頭，啊⋯⋯今日是年三十，看來我真的有一段時間沒有與世界完全接軌，我走出「深山」理解外頭世界發生甚麼事已經是上年六月至十一月，然後我又再避回「深山」，偶爾看到社交平台有人講一些時事，但我也是看過就算沒有記上心。

直到近兩天聽到幾句新聞提要才令我心想：「哦，原來有機會爆發疫症」，香港人開始感到恐慌，搶購口罩和酒精等防疫用品，就像打風前夕到超級市場搶購食品。

「今日咁好情調？」

我的開場白很爛，接著隱約看到 Bella 脫下耳機說：「唔係呀，過時過節我都係咁，一係陪朋友，但今年就冇晒朋友要陪，亦一向冇同屋企人食團年飯好多年。」

我走到電視櫃那邊，站著依傍著跟 emo* 中的她這樣對談著：「嗯嗯，我同屋企人都唔食團年飯，嚴格嚟講我屋企人同我一食親飯就會單單打打，而我又會忍唔到口同佢哋據理力爭，我做創作又唔係偷呃拐騙，可能偷呃拐騙搵到錢佢哋都未必會講嘢，但偏偏佢哋覺得做創作搵唔到錢嘛，日子耐咗佢哋唔會想同我食，我又唔太想同佢哋食。」

　　我明白世上總有一些看似輕易解決的問題，只要其中一方妥協就可以，可是大部分人都會選擇倔強，例如我。

　　「嗯？」

　　「係呀，佢哋覺得我應該好似我啲表哥、表弟咁打份政府工係最好，但我就堅持自己夢想，當中都有唔少人認為事業可以同夢想兼顧，但如果做落就知根本冇可能，你總會有一日放棄是但一邊，所以……」

　　她點了點頭伸出姆指：「支持你。」

　　「多謝。」

　　我發現我們聊得上話的原因是因為有酒精，而沒有酒精的話，我們對答的內容就會變得空洞不已。

　　她的語調顯得頹喪：「食咗飯？啊……你都唔食晚飯，我轉頭去廚房煮個出前一丁算。」

---

* 「emo」是形容一個人在情緒化的狀態

那刻我發覺她也挺可憐，寂寞、孤獨、無聊等狀況雖然可以習慣，但如果可以的話，有誰會選擇？

在我離開那個開了暖氣的睡房一段時間後，我才發覺入夜冷了很多，加上這種過時過節的冷清，形成了寂寥的氛圍，難得有兩個不會和家人吃團年飯的人碰上，圍一下爐也是無妨。

「今晚……不如一齊食？我煮呀。」

她疑惑地嗯了一聲，然後我不作回應就走進廚房，雖然日常我會入廚，畢竟自己煮比較省錢，但我大多都是煮麵加蛋和餐肉，再加一兩棵菜裝作健康地自欺欺人，縱使我自己也是這樣，但都不明白有些人煮麵下菜以外還會減一半味精粉，難道這是在一件不健康的食品上尋找健康的平衡？

我走進廚房後，Bella 不停探頭看著，我把雪櫃和廚房裡能煮的都拿出來，蛋、青椒、菜、火腿、芝士、餐肉、腸，還有鯖魚和雞翼，再點算一下廚房的調味料，然後把食材拼湊一下，就這樣勉強煮了一頓稱得上有魚有肉有菜的「團年飯」。

Bella 見狀愣了一愣，嘴角微揚地連番道謝，弄得我不知所措。

Bella 吃得很開懷，彷彿很久沒吃過住家飯，但這頓真的算是住家飯嗎？

其實我已經很久沒有和其他人在家中共坐一桌吃飯，感覺有點渾身不自在，因此我們只顧吃飯沒有聊天，我們不看那個年年倒模般的電視台的電視節目，寧願轉到新聞台，看著那些明明與自己密切相關，可是卻覺得理會不來，又有點抗拒和感到陌生的新聞報導。

新聞中的訪問片段，有一堆女士興高采烈地說：「信政府唔怕！身體健康！」

片段中的女士所舉起的 V 字令我印象深刻，亦因為這片段，讓我和 Bella 有了一個短暫的話題，Belle 笑著問了一句：「我見到網上面啲人笑佢哋，你覺得到底係天真定係樂觀？」

「我覺得……唔知呀。」

有些事情還是不作評論比較好，畢竟我已經躲在「深山」，理會世事只是自尋煩惱。

不知道是我煮的分量太少，還是 Bella 的食量很大，桌上的食物很快就被我們吃光，而吃飽閒著令我的壞習慣又來了，畢竟和 Bella 這樣沒有話題有點無聊，我又不想浪費時間在這樣沉寂的對話和重播的新聞提要中，因此我打算把碗碟洗乾淨，怎料 Bella 竟爭著做這份差事：「我洗呀，我鍾意洗碗，但唔鍾意煮飯。」

就在她走進廚房洗碗的時候，我有一刻想過走回睡房繼續重看一次自己的文章，生怕有情節要修改甚至出現犯駁位。但我看著 Bella 正在洗碗的背影，覺得這樣把她丟下很沒禮貌，於是我從睡房裡拿出了平時比較少用的電腦，這部手提電腦是新買的，由變賣手提電腦到現在，我有一段時間都沒有買回，直到最近儲了點錢才購回一台，以方便自己外出寫文，但明明我日常大部分時間都待在家中。

其實手提電腦對我來說根本毫不實用，而買回一台新的手提電腦，或者只是任性地把自己昔日變賣了的尊嚴買回。

　　把自己的文章快速地看一遍後，我覺得自己寫得很好，那是我唯一一點對自己稍有自信的事情，不過根據以往的經歷，認為自己寫得好的，市場和反應都會給予狠狠以一巴掌。

　　想到這裡，我又狠狠地把自己的自信擊沉。

　　為了讓自己的腦筋稍為清醒，我決定到浴室洗個澡，畢竟我覺得在浴室洗澡的時候，腦袋是最為靈光，不過到了近年，不論何時何地，腦袋仍是一片空白，很多事情都變得模糊，最終屢次在浴室思考的時候，就只有思考了一片空白，猶如一位畫家畫了很久，卻只在白紙上塗了一片白而已。

　　當我從浴室步出客廳之際，我留意到 Bella 在全神貫地看著我的電腦，我這才想起自己沒有把電腦關掉，當下我的第一個念頭是覺得糟糕，這是最正常不過的反應，就像自己手機的短訊被另一半查閱著的那種慌亂，不過我旋即想起這台電腦除了文章以外，是甚麼都沒有的，因為最珍貴的「資訊」在另一台電腦，想著想著我才緩過氣來。

　　我徐徐地走到 Bella 面前，Bella 見狀說了一聲抱歉：「Sorry，我見你部電腦冇熄，呢個係你寫緊嘅新故？我覺得幾有趣所以先望下。」

　　既然被人讚賞，這也沒所謂吧，現在我寫故事的目標，慢慢地不再是為了出書和為了賺錢，為的就是有人欣賞和共鳴吧？

　　可能太遙遠的希望就不再是希望而是奢望。

想到這裡，我覺得在這座城市從事文字創作真是愈來愈卑微，幸運的一群也是足夠糊口和應付基本生活，能夠擁有生活以外的事情已經是奢侈，而幸運以外的大多數，執著的就像我這樣浮浮沉沉，或許就只有一直沉，其餘已經是呈半放棄狀態。

　　而接受讚賞的我，心虛的感覺又再出現。

　　「唔緊要。」

　　「你寫咗好耐？」

　　「寫咗三個月左右⋯⋯」

　　「我覺得開頭係好睇，但過咗開頭就有啲悶。」

　　面對自己的作品受到批評，在網絡連載有一段日子的人會習以為常。

　　「點解呢？」

　　Bella 想了一會：「我覺得男主角太多嘢諗，我唔鍾意男主角嗰種連同女主角一唔一齊都吊兒郎當，而且都唔浪漫嘅。」

　　「咁唔一定個個男主角都係韓劇咁，又壁咚又王子咁。」

　　「咩喎，咁小說都係想畀人有幻想空間啫。」

　　「係就係，但唔係部部小說作品都係得一種方式去呈現。」

「我唔知，總之我覺得小說作品就係要令人有幻想空間，咁我睇小說都係為咗開心，如果要貼地要寫實，咁我點解要睇？」

「可能就係大部分人好似你咁諗，所以寫得沉重啲就唔會有人欣賞，跟住有部分人選擇隨波逐流，寫啲譁眾取寵嘅嘢，跟住又畀另一班人批評話呢個地方寫得出嘅嘢就係得呢啲。」

不知怎的，我們的話題又再變得沉重起來。

我看到 Bella 的目光變得不知所措，頓時深感內疚，因為把自己的見解和想法加諸在他人身上確是自私，於是我堆出笑意：「多謝你睇我寫嘅嘢，我入返房再睇多次，睇下有冇執。」

我把手提電腦拿回自己的睡房，凝視著那個文件檔案，待在睡房裡一動不動地沉思。

有時候我覺得自己就是這般失敗，想保持兩者的平衡，但最終兩邊都不討好，寫自己想寫的，市場和出版社不喜歡，而我最討厭的就是那些旁觀者會說做回自己總有人會欣賞。

但試問有幾多人可以不戴任何面具、不靠任何演技，在這座城市赤裸裸地演活自己？

在思緒的盡頭，我陷入迷茫，我打開了一個新的文件檔，把自己的迷思和無奈悉數寫進去，這是我的習慣，把自己內心深處的想法挖出來，透過文字表達，然後封存在雲端內。

把自己的想法寫畢後，我倒抽了一口涼氣，腦袋頓時感到疲勞，彷彿已把自己掏空。

「喂呀，你係咪瞓呀？Sorry 呀。」

Bella 的訊息使我回過神來。

為甚麼會有訊息提示？明明我已把群組設為靜音了。

噢，原來是個人訊息！至於為甚麼不把她的對話框靜音？是因為我們既然同住一間屋，如有緊急事至少有個照應，至於我把群組靜音是因為那個群組的作用實在太無聊。

「今次點解唔喺群組 WhatsApp 我，而係用個人嗰個呢？」

「因為呢件係私人嘢，喺群組問冇咁好。」

「其實我哋個群組都係得兩個人。」

「咁個形式上唔同嘛。」

這個人的思維邏輯是玩了兩天灣岸來領悟的嗎？這麼亂來！

「好啦⋯⋯」

「唔好瞓啦，最多我轉頭落去七仔買雪糕，請返你。」

「而家 19 度，真係要食雪糕？」

「嘷，即係你瞓啦。」

「我冇呀。」

「擺明有啦，見你好唔開心咁。」

「我冇呀。」

「小器！」

「無啦啦畀人話小器就真係嬲啦。」

「咩喎，咁你的確係唔高興。」

「我唔高興係另一樣嘢，係唔高興自己啫。」

「其實⋯⋯我有一樣嘢想同你講。」

「係？」

「我睇到你有一個叫『封存』嘅 file，入面啲文好好睇，我好鍾意。」

「吓，我寫自己嘅感受咋喎，而且呢啲冇市場㗎。」

　　這個人看字的速度也挺快，但我不是應該生氣她偷看我的檔案嗎？

「唔試下又點知冇嘅，不過點都好啦，我覺得你寫呢啲寫得幾好！不如試下寫呢啲？我會做你第一個讀者，會 like 會 follow，你嘅 Instagram 帳戶係咩？」

「多謝⋯⋯我會試下，你自己 search 『莫少』應該有。」

未幾，我收到一個新的追蹤提示，打破了我的 Instagram 連續多天沒有新 follower 的寧靜。

　　「咁唔好嬲啦，你食唔食雪糕？」

　　「其實係咪你想食？」

　　「係⋯⋯但佢買兩支至有特價。」

　　「我要朱古力味。」

　　這則訊息按下傳送後一秒，我聽到開門聲，心想她的動作可真快，到底吃雪糕的慾望有多強烈，才會讓一個懶得經常躺在梳化上、假日幾乎不離開睡房的人出門？

　　我覺得這個題材又可以寫一個用來封存的短篇。

　　想著想著，我不禁對 Bella 的說話感到哭笑不得，想不到那些寫完後被封存的癲線短篇會有人喜歡，亦意想不到她會因此而成為我的讀者。

　　真不知道她的腦袋是載甚麼？但⋯⋯真的有人會喜歡嗎？

　　她說，如果一個人欣賞你的瘋狂，那個人就會是你的同伴。

Chapter 07
祝福（上）

Bella 的那一番話令我一直沉思。

我吃著雪糕時沉思，我重看自己寫的故事時沉思，當細閱故事的每一個字、每一段情節時，我都稍有猶豫。我意識到自己的不足，但找不到答案，結果我用了一整晚去思索這件事。

其實這件事的確令我感到意外，始終寫了這麼多年，突然有一個人跑出來，提議我放棄寫都市愛情故事或寫實主義小說，並指出我適合做一位描述自己想法的癡線佬，因為我寫這類文章比較好看。

這到底是一種侮辱還是我被人發掘了自己的另類優點？

或者一直以來我對自己都存有質疑，而 Bella 只是把那道問題拿出來迫使我面對。

這一份質疑等同要我間接面對失敗，所以我一直都不敢面對。但實情上失敗不是可恥而是常態，對我來說更是代名詞，理論上我應該都慣了吧？只是我接受失敗和有人說我失敗，又好像是兩回事。

我由年三十晚一直思索到年初一的凌晨，直到清晨時分打了一個呵欠，我才意識到自己開始想得累了，但我仍然沒有答案，可是我又有一篇想寫進封存那個檔案的文章，於是就寫了，我寫了今晚對自己的質疑，到底我應否做回自己，做一個描述自己想法的癡線佬，還是一位在普通愛情故事中夾雜一些自己想法的作家？

兩者看似沒有衝突，但在我的內心，已經經歷過一場內心的交戰，是一場釐清自我定位的戰爭。

　　最終封存的檔案裡又多了一篇文章，那時時值早上六時三十七分。我覺得那一篇文章寫得不錯，同時覺得如要把那些封存的文章串連起來成為一個故事，這一篇新的文章絕對合適放在開首或者序。

　　想著想著，我打了一個呵欠，感受到眼皮漸漸沉重，但我仍然把那篇封存的文章傳了給 Bella，當下我並沒有任何目的，甚至在按下傳送後有過收回的想法。

　　不過既然她喜歡的話，就讓她看吧。

　　反正我這些文章賣不到錢，一直封存也沒有意義，甚至浪費雲端的儲存空間，畢竟雲端的空間也要花錢買的，儲存空間 15GB 實在不夠用，我寫的無聊文章實在太多。

　　把那篇文章傳給 Bella 後，正當我攤在床上準備睡去之際，壞習慣的使然令我看了一眼電話才願合上雙眼，結果我察覺到 Instagram 彈出了一道提示，是某某想傳送訊息給我。

　　對於我這個冷清得很的寫作帳戶而言，不論是讚好、留言或者訊息也屬罕見，因此我不禁在意起來。

　　按進去後，那個用戶名是陌生的，但 Hebe 這兩個字則絕不陌生，這個名字映入眼簾的瞬間，我感到十分訝異，隨著訝異而來的是不想承認的心虛或者愧疚。

　　「新年快樂，你最近點呀？見你就快出新故。」

　　讀畢這則訊息後，我知道這個帳戶是 Hebe 的，她開了一個私人帳戶嗎？這個帳戶追蹤了很多人，卻沒有任何 follower，可算是真正的私人帳戶。

　　我放下手機，並躊躇著該如何回覆的時候，想著想著竟然睡去了。到了起床的時候，已經日上三竿。

　　今天是年初一，我記得以前在這天睡得太晚會被家人責罵，但自從搬了出去後與家人甚少聯絡，大時大節尤其是過年更加與我無關，只像普通的公眾假期，稍有不同的就是樓下保安會主動打招呼。

　　我想：「噢，怎麼今早想著想著就睡去了？」

　　然而我繼續沒有回覆，那則訊息依然被標籤為陌生訊息。

　　年紀大了有一個壞處，就是任何事情閒置得太久就會忘了。

　　到我突然想起的時候，我又會覺得可以晚點再回覆，就這樣一直拖著，然後我會再忘記、又突然再想起、接著再重複地拖延著，直到某天再想起的時候，我可以用反正過了那麼久，就這樣過去作藉口將事情作結。

　　或許我心底裡想把這則訊息永遠放在陌生訊息的位置，就像有些事情不刻意理會並且打開的話就會永遠塵封，大概這是一種駝鳥心態，因為我害怕面對自己曾經對 Hebe 的傷害。

　　說到尾，這就是自私的行徑。

但是我又覺得凡是尷尬不堪的事情，每個人都會極力掩藏起來，這是人之常情。

在我梳洗過後，我又真的忘了這件事，同時看到 Bella 穿了一套灰沉沉的連身睡裙，睡眼惺忪地半躺在梳化看著電視，客廳的氣氛一片死寂，而電視裡頭的廣告歌曲卻洋溢著濃濃的新年氣氛，這樣的配樂、客廳的氛圍與 Bella 看著電視發愣的模樣，三者間形成了極具諷刺的強烈對比。

唯一要說最有生氣的就只有 Bella 那雙長腿⋯⋯

首先我不是想歪，而是那雙長腿真的比起那個電視台每年都播一次的賀歲電影更有觀賞性，所以過年只是一個比起平常假期更為沉悶的假期。

「不如⋯⋯我哋出去行下？」

出去的話，不就是要派利是給保安嗎？雖然樓下保安與我的關係不錯，但其實以我的標準來說，沒有怎樣的交談，只是偶爾點頭之交的關係，都一律列為關係不錯。

因此我不想影響這段關係，而且我認為談錢傷感情，談感情傷錢。

因為我沒有錢，所以談到錢這回事一律可免則免。

「吓，我唔想派利是畀保安嗰。」

「你可以唔派㗎嘛。」

「但唔派嘅話，日後見到我驚會面阻阻。」

「咁我界咪得囉，十蚊廿蚊啫。」

雖然我覺得自己窮得來有點寒酸，但要說到連這個情況都用女人錢的話，我是接受不了。

「咁又唔好，我界啦，你想幾時出去呀？」

話音剛落，Bella 興高采烈地彈跳起來。

「而家！」

起初我以為女生要出門的話，應該十分費時，怎料她紮起了馬尾，叫我稍等一下便走回睡房，到我換了一套外出衣物後，她已經極速化了一個淡妝，換上一件白色的長袖毛衣，穿了一條卡其色的長褲，更挽著一個米色的環保袋。

「行得啦。」

「咁快搞掂？」

「Hea look 得啦，又唔係出去好遠。」

她所謂的 hea look 讓我明白，一般人覺得女人穿黑絲高跟鞋很誘人，但實情上只是一個本身誘人的女人穿了黑絲高跟鞋而已。

不過，我意料不到原來襪鞋才是花時間的地方，在經過 Bella 悉心挑選下，她選了一對普通白色的踩踭鞋，我暗舒一口氣後終於可以出門。

或許我很久沒有離開過這個避風港，因此踏出家門的瞬間，我竟然有一種隱青離開自己舒適圈的彷徨，而這種彷徨的感覺令我更加不安。

我怎麼會變成這樣？

我帶著這份迷思穿梭在樓層的走廊來到電梯大堂，這段短短的路程中，我竟對這個地方十分陌生，我到底有多久沒有離開自己的住宅，步出自己的避風港？

好像有整整一個星期，一星期說短不短說長不長，例如上星期的地板仍是骯髒的，但今天卻乾淨得猶如鏡面般閃亮。

我知道這樣的生活是不健康，與其說我的生活不健康，倒不如說是我的人生自從選擇了追夢後就沒有健康過。

我們走出升降機的瞬間，保安反常地熱情不已，估計她把懂得的四字祝福語都幾乎說了出來，為的就是那封二十蚊的利是，某程度上她是可憐的。

直到她說一句：「早日結婚，早生貴子。」

這是祝福嗎？對這座城市的人來說，這八個字應該是詛咒吧？

　　結婚生仔其實是人類社會裡一件普通的事，但就是一件如此普遍的事情，放眼在這個社會和這座城市裡卻是一件需要十分慎重考慮的事。

　　昔日亂世時期人與人之間更加毫不保留去愛去成家去等待，但諷刺地現在我們聽到結婚生仔，本能反應只有搖頭嘆唱和不敢想像，更覺得這是一件遙遙無期的奢華之事。

　　而且，這個祝福套用在我和 Bella 的同屋主關係中，絕對是奇怪和尷尬。

　　我看到 Bella 一副尷尬不知怎樣解釋的模樣，她的臉頰在粉底下仍顯得透紅。

　　過於流水作業的祝福真的很容易變成對人的詛咒。

　　但不管是否詛咒，我還是給了保安利是，而利是的作用就變成只想她閉嘴而已。

　　保安帶給我們的尷尬揮之不去，在商場漫無目的地走著，我們一直默不作聲，Bella 跟隨著我的步伐，我偶爾偷望正在沉思中的 Bella，起初我猜著她在想甚麼，為甚麼在沉思，同時也驚訝這個人竟然會思考。

　　慢慢地我開始端詳著她的側臉，覺得她的輪廓分明，鼻子算挺，嘴唇的厚薄大小恰到好處，長得真的很不錯，看著看著我開始相信這個世界從來都是不公，但再細心回想其實也頗公平，因為她的行事作風總令人覺得她是腦袋丟了，所以樣貌是她的補償。

我細看她的臉龐，她想得入神，我也偷看得入神，甚至我已經忘記了為甚麼一開始要偷望著她。

啊，我是要猜測她在沉思甚麼。

或許 Bella 終於察覺到一男一女同住但又沒有任何關係很容易會惹起誤會，但這件事值得沉思嗎？

她繼續這樣不作聲和沉思的舉動，只會令情況愈發尷尬。

「不如……」

Bella 終於打破沉默，而我終於稍為緩過氣來。

畢竟兩個人沒有談話一直在商場逛著不是辦法，而且氣氛尷尬得已使我開始有點喘不過氣來。

「係係？」

「不如你話自己鍾意男人，咁我哋同居咪唔會惹人誤會。」

「……」

「I mean 唔只樓下保安，係你對外宣稱自己鍾意男人，有時候喺屋企我想自拍呀打卡 post story 都驚唔方便。」

她用了這麼久打破沉默，就是盤算著把我犧牲掉？就是想出這條屎橋？這個女人的腦袋是裝屎的嗎？

「你有冇諗過如果我話自己鍾意男人，我以後真係唔使拍拖。」

「嗯？你唔係草食男嚟嘅咩？唔怕啦。」

「咩草食男呀，我間唔中會想食肉㗎！」

「即係冇啦，咁你都係宣稱自己鍾意男人啦。」

「……」

她咧嘴說道：「同埋……如果畀人知道咗件事，我以後冇人要點算？你幫幫手負下責任啦。」

話音剛落，有一位男路人經過並聽到這一句，用上不屑的目光打量了我一下。

那一刻，我的心不禁怯了一下。

原來跟一位美女出街真的要承受這樣的心理壓力。

嗯，我承認她是一位美女，但更須要承認她是無腦的。

在那個瞬間，Bella 剛搬進來時的不適感又來了，我終於弄清楚這一份不適感是源自 Bella 的煩言。

「莫少……」

「喂呀！喂呀！」

我回想起彼此能夠聊天或者產生共鳴的時候，大多是因為她的嘴閉上了，或者醉酒、剛睡醒甚至發呆的她才會沉默。

　　她的喋喋不休令我把心一橫堆出笑意，開玩笑地回答：「傻妹嚟嘅，有人要咪我要你囉，反正都同一間屋，咁樣啲人一定信服！」

　　她沉默了，起初我認為她一定會就此作罷，更有可能引導她搬離我的避風港。

　　不過一切天真的想法，都被她的回應所打破：「扮拍拖都得嘅，但講明扮咋，我哋可以合照 post 上 Instagram，但我哋唔可以拖手、kiss，更加唔可以做愛，現實只係同屋主關係，okay？」

　　說罷，她報以一抹笑容，但我比較覺得那是詭詐的笑意。

　　X！我沒有想過她竟然懂得將計就計，看來我低估了她。

　　「咁又唔好。」

　　「試到你啦，都話你係草食男嚟啦！喂呀，嚟啦嚟啦，你話鍾意男人幫下我啦。」

　　這個女人很煩呀！

　　她說，以前我深信祝福是衷心，後來我明白到很多祝福意味著無常。

Chapter 08
祝福（中）

這個女人很煩，由商場到餐廳一直喋喋不休。

這個女人很可惡，怎麼可以總想著要把我犧牲掉？

這個女人很可怕，我開始覺得她是臉懵心精的女生，別被她漂亮的臉蛋和傻氣所騙。

在這股思緒的盡頭，腦海該死地飄過一道問題……她答允扮拍拖是說真的嗎？那抹笑容是我過分解讀嗎？她說只是試驗我，這是被我拒絕後要挽回面子的托詞嗎？

唉，我知道自己的意志力薄弱，所以才會一時大意被這個女生迷惑，真的不要想太多。

與其用奸狡角度去思考，不如說這個女人是神經大條。

過分解讀是我的壞習慣，但那個封存的檔案卻受益於此，儲存了一篇又一篇癡線佬的自白。

咦，我今早傳了一篇給 Bella，不知她有否看過？又有甚麼想法？

但依現在的情況看來，還是算吧。

Bella 不停說話的耐力令我折服，我一直隨便回應幾句應酬她，最終在下午茶套餐的甜品上菜後，我認真回答了她的提議。

　　「唔得呀，我唔會因為你而扮鍾意男人，而且真係有男人鍾意我咁點算？」

　　「咁你可以考慮下，我有時都會覺得同女人拍拖應該開心啲。」

　　知道嗎？某程度上我很喜歡與 Bella 聊天。

　　一位長相與 Yura 很像，在相片中更加像的女生，說話行事竟神經大條，想法完全令人摸不著頭腦，她的回答從來不會令我失望，屢次都可以給予我思維上的衝擊，為我帶來生活上的 brainstorming。

　　有時候我會想她是大智若愚、無知之知，還是她真的知之無知？

　　「自從阿邊個突然唔見咗人之後，我真係有諗過同女人拍拖白頭到老就算。」

　　嗯，我有答案了。

　　誰說可以用性別衡量一段感情的真誠與長久？說實，我很討厭那些遇人不淑後就用自己的遭遇作標準，接著扮軍師定性所有關係的人。

　　「關咩事呀？男人有老千女人都有老千，仆街賤人無分男女。你望下而家全香港最大粒嘅仆街係咩性別？而且你 ex 係一個仆街老千，但唔代表全部男人都係賤人囉，重點係你要帶眼識人啦。」

　　沒錯，我已經用老千來定義前同屋主，畢竟他騙了我 3000 元後跑路這件事是罪無可恕的。

　　我認自己小器，雖然情況比我慘的大有人在，但一個窮人真的很難大方。

　　「嗯，係嘅……」

　　我看著 Bella 不停戳著自己那杯所餘無幾的檸檬茶，看著她欲言又止地把最後那抹嘆喟吞下。

　　我知道我成功扯開了話題，但卻帶她進了一個對她而言甚是沉重的題目，想到這點有點內疚，感覺猶如揭開他人仍未癒合的傷口。

　　這件事由發生到現在，其實歷時也不足一個月，這段短時間卻為我帶來翻天覆地的改變，一個陌生人闖了進我家中追債，然後我們認識了，她進駐了我的避風港，她的香薰令我鼻敏感等，對我對她來說簡直是不可思議，甚至有點難以消化。

　　我決定再扯開話題，讓她不要停在那個掛念的死胡同。

　　我知道她有思念。為甚麼知道？因為這是人之常情。

　　「係呢，我今朝 send 咗篇嘢畀你。」

　　「我有睇呀！我做咗你靈感女神，快啲多謝我啦。」

　　「……」

「咁你新故係咪出呢個？」

「唔係呀，咁嗰個連載始終都寫咗，唔出又好似好怪，咪當有啲嘢畀人睇下。」

「咁幾時出呀？」

「未知呀，呢段假期時間應該唔會有人得閒去睇文。」

她點點頭：「我覺得自己都係鍾意睇啲癡線嘢。」

與 Bella 討論如此正經的話題有點突兀，但被她囉嗦著要扮鍾意男人又接受不到，真的矛盾。

下午茶過後，想不到這頓會由我請客，Bella 也覺得十分驚奇。然後，她跟我說想閒逛一下，說我如果覺得無聊可以自己先回家。

當下我覺得她需要一個自己獨處的空間，於是我跟她說待會家裡見，看著她堆出笑意點頭的瞬間，我不禁猜想她的傷口是否又在隱隱作痛。

直到看著她轉身離開的背影，我意會到自己可能說錯了話，就這樣丟下她好像又有點說不過。

我發現與人相處真的很難，因為有人會覺得讓一個人沉澱是最佳的安慰，又有一些人會覺得陪伴是最好的慰藉，如此極端的兩個處理方法，總會令人不知所措。

　　而根據我的經驗，如果一個人需要另一個人的話，陪伴就是最好的慰藉，如果那個人對另一個人沒甚麼感覺，讓對方一個人沉澱就是最佳的安慰。

　　如果選擇錯了的方式，就會惹人討厭。

　　嗯，我是沒有分析過任何答案，說了等如白說的偽思考。

　　想不到我連這點也有選擇困難，當選擇困難的時候，我會選擇自己的感覺。

　　我覺得自己該要做些事情，最終我還是追趕上 Bella 的步伐，一路上我有點猶豫會否惹她討厭，始終仍要繼續同住，關係太僵也是不健康的。

　　走到她身旁，我輕輕拍了她的肩膊一下，她別過臉的一瞬顯得一臉落寞，她看到我的一刻，我說了一句：「不如一齊行一陣，見你今日咁慘畀人祝早生貴子。」

　　她臉容上的喜出望外，把我的迷思一掃而空。

　　「仲好講？不過我想去睇鞋睇衫喎，新年有特價，你唔驚悶咩？」

　　「咪話，你有幾多對腳呀？鞋櫃冇位啦，我就快連個書櫃都要讓埋畀你啦。」

　　「睇下啫，最多應承你，如果我買一對新會掉一對舊嘅，okay？」

就這樣，我與她去看鞋，她看上了一對白色高跟鞋和一對黑色尖頭鞋，可是我說她的鞋櫃已經有了類似款式。然後我們去看衣服，她買了幾件應該用來上班的衣服，接著再到人山人海的超級市場買零食和補充日用品。我本以為超級市場是最後一站，可是離開超級市場後，她的購物癮又起了。

　　最終我還是被她說服，答允她把那兩對鞋買下來，畢竟她答允過會把兩對舊的棄掉。

　　她滿載而歸回到家後，我把日用品和零食分門別類放好，她則在鞋櫃前躊躇著該要棄掉哪對，然後不停依依不捨地呢喃著，再咧嘴看著我。

　　我知道我太天真了，是我經驗太少，沒有與擁有這麼多雙腿的女人生活過。

　　我假裝看不見，可是她繼續死纏難打，她這次決定不發一言，改為用可憐的眼神看著我，而我只是說了一句：「你唔係連我擺鞋個架都想拎埋嘛？」

　　結局不用細說也猜想到，是我投降了。我讓出了位置給她那兩對新鞋，而我本來的鞋則移居到放置拖鞋的布袋，而拖鞋們從此無家可歸了。

　　看著 Bella 樂透般的道謝，我竟然笑了起來。

　　那一刻令我有一番頓悟，對我這種不幻想未來，又不期盼生活的人而言，寫下當刻的快樂和瘋狂的想法，是我唯一能夠做的事。

　　但我不是接受現實，不是接受 Bella 的惡頂之處，只是暫時妥協，還是那一句，畢竟我們在同一屋簷下⋯⋯

　　有時候連我自己也懷疑這只不過是藉口，我不想接受自己向現實屈服，任由 Bella 侵佔自己的地方並且屢次退讓縱容。

　　我走回睡房繼續替封存的檔案增添存貨，我覺得寫類似的自白十分得心應手，沒有出現寫連載時的困難和腦塞的情況，難道真的被 Bella 一語成讖？

　　我適合當一位描寫自己感受的癡線佬？

　　為了一試究竟，我把那篇昨晚寫的感受放上 Instagram，雖則我的 Instagram 素來是網絡上的一個孤島，追蹤的人只是路過，帖文從來與單機無異。

　　看著友人熱鬧的帳戶，求其出一篇帖文也有人回應，真的令我羨慕不已。

　　啊，我這才想起，我還未回覆這位作家友人的新年祝福和約食飯的日子。

　　我回覆了下星期的某天，同時祝福他在寫作路上走得更遠。

　　這句祝福諷刺地令自己不期然心酸起來，再看看剛更新在 Instagram 的那篇感受，反應是史無前例的冷淡，冷淡得相信把這則帖文刪掉也沒有人察覺，因為沒有人讚好。

　　哈哈，反正我也習慣了。

繼續埋頭苦幹吧，找天在論壇連載新故，希望到時候有人多看兩眼吧。

突然，家中傳來一下啤酒的開罐聲，我沒想過自己的聽覺對這回事如此敏銳，而自己對杯中物竟然也上癮了，真想到雪櫃拿一罐啤酒一飲而盡，為的就是打一個嗝，而那個嗝就是這罐酒的精要。

那一下開罐聲使我心癢，但與其說是我心癢，倒不如說是這刻的我想喝酒，畢竟對唉聲嘆氣這個習慣有點厭，我開始依戀了酒精。

這一點一點的小改變和衝擊，無可否認要歸功於 Bella，真不知要感謝她還是該要哭。

最後我抱著癮君子般的心態離開臥房，我看到 Bella 愜意地抱著炸雞桶吃著炸雞和喝著啤酒，而電視則播著韓劇，客廳洋溢著炸雞的氣味，使我內心本來只拿罐啤酒就回房的念頭動搖起來。

「食唔食呀？飲埋啤酒絕對係另一番體驗。」

Bella 把一罐啤酒遞過來，而我毫無抵抗意志地接下，她挪開身子讓我坐下，然後我開了一罐啤酒，接受她請我吃的一件炸雞，就這樣我與她「同流合污」了。

這種感覺……真的挺寫意，我發現做人真的要感謝生活，感謝曾經擊倒過我的生活，令我知道躺著是這麼舒服。

炸雞吃完後，我們開始喝酒，還播著 YouTube 的隨機歌曲，播著播著不知怎的播起王力宏的歌曲，那時王力宏還未出事。

Bella 聽到的時候咧嘴跟我說：「我個 ex 好鍾意聽王力宏，以前佢成日彈結他唱畀我聽。」

我突然靈機一觸地問道：「咁佢唱開邊首？係咪《多的是你不知道的事》。」

她愣一愣，接連點頭。

那一刻我很賤地覺得 Bella 不應該怪責前同屋主跑路，畢竟人家可能有意無意早已暗示了自己的想法。

「咁明晒啦，人哋都不停畀提示你。」

「妖。」

Bella 不屑地拍了我一下，而我不爭氣地笑了。

我發現酒喝得愈多，我腦袋內的想法就愈瘋狂，更瘋狂的是，我竟然會主動與 Bella 分享，而那些經過討論的想法可以為那個封存的檔案多寫幾篇。

你有沒有後悔過？你有沒有人生中最為遺憾的事？你有沒有傷害過的人？

這是她的提問，今晚喝的酒比平時更多，只因我們聊的話題更深。

但我還未回答，她已經答了自己的問題。

她渴望擁有家庭，在三十歲前結婚，彌補自己原生家庭的遺憾。

她傷害過很多男生，因為她愛上一個人全憑感覺，這一點我覺得是她在吹捧自己。

在她小時候最為失意的日子裡，電視是她的寄託。可惜家裡替她設下了很多禁令，連電視也只可以偷偷地看，因此她習慣開「無聲電視」，然後看著電視裡的人物替他們配音，用那些電視角色演釋著自己的故事。

那是她童年最快樂的時刻。

在青春期的時候，她差點走了歪路，慶幸有一位好友勸她回頭，那段日子她經常和那位好友唱K，好友發現她的歌聲十分動人，或許是得益於童年替電視角色配音，聽過的人都悉數讚揚她歌唱演繹方面頗有投入感，所以她曾夢想過把唱歌、配音作為自己的事業⋯⋯

聽到這裡我把她的故事打斷：「有夢想係好，但唔好刻意追夢。」

「你自己追緊夢叫人唔好追夢，你咁得意嘅。」

話音剛落，她戳了我的臉頰一下。

「或者我想提自己啫，順便提下你。」

「最後我都冇追夢呀，聽啲同學呀朋友呀勸我腳踏實地搵份工。」

　　後來她因為前同屋主騙財而失去了那位曾勸她回頭，陪伴她度過最失落日子的摯友。她也為愛錯了一個人而後悔，覺得自己太容易投入一段感情。

　　Bella 還在喋喋不休地說：「其實我後來嘅夢想，就只係搵一個自己愛嘅男人陪伴自己，同埋組織家庭啫。」

　　「有時候幾多朋友幾 close 都好，都會渴望身邊有一個人，但而家真係一個人都冇啦。」

　　「我真係好姣，有時候姣到有一種照鏡都覺得自己好殘好頹嘅感覺。」

　　沒錯，破破落落的人生其實很累，時至現在，只要照著鏡子都會對於自己仍然活著這回事感到難以置信。

　　「有時候見你成日笑，真係會以為你好樂觀。」

　　「唔係每個人成日笑就真係代表佢開心，亦都有人當笑係一個現實版 emoji 咁，只係一個表情去應付其他人。」

　　我不禁倒抽一口涼氣，突然想起了今早那則來自 Hebe 的陌生訊息。

　　或許人喝多了，話題和想法自然會有點脫框，我隨著自己的疑惑問了一條問題：「你覺得一個曾經錯過咗幸福嘅人，佢仲可唔可以得到幸福？」

　　想不到，我這條問題令 Bella 哭了。

「我唔知呀，幸福離我咁遠，我點知㗎。」

或許這年頭不懂安慰的話，可以遞一罐啤酒，再用「飲啦」兩個字作結。

最終我們都喝醉了，雪櫃裡那十多罐啤酒都被我們喝光，她顯得暈眩和一邊笑著哭著，而我在既興奮又感到暈眩之間不停徘徊。

她醉得連身子也坐不直，就這樣挨在我身旁，我隔了一會後也好像失去了意識，但我好像又做了很多事情，感覺做了很多場夢⋯⋯

我好像和 Bella 擁抱了？她哭了，我也哭了？

我好像鼓勵著 Bella 找自己的好友，由衷地跟對方道歉，並訴說自己的想法？

我好像跟 Bella 說了很多自己的瘋狂想法，還痛罵了那些只看不讚又不回應的免費仔，然後又帶著 Bella 走進了自己的臥房，好像在她的鼓勵下，我在論壇連載了寫好的小說，並且在帖文裡發表了很多想法？

但我們在臥房沒有下文便走回客廳，我對此後的事就再沒有任何印象了。

接著在那個喝醉的夢境裡，眼前一片黑暗，意識就在太空中飄蕩，一直飄一直飄，直到彷彿被黑洞捲進無底洞般的深淵。

在深淵的盡頭，我被一道白光所籠罩，然後我霍地醒來，我打量著周遭的環境，這裡好像有點陌生，怎麼我的客廳會被很多粉紅

色擺設包圍著？

　　我的意識漸漸回復起來，我開始察覺到大事不妙，嚴格來說⋯⋯是出事了！

　　她說，我們總想著自己失去了甚麼，但其實我們甚麼都沒有得到過。

Chapter 09
祝福（下）

周遭的粉紅色主題擺設，一股令我鼻癢的香薰氣味……

糟糕了！這裡不是客廳，更不是我的臥房，而是 Bella 的睡房。

我的意識逐漸回復，但我恨不得把自己再灌醉，這樣的話我就不用去認清到底昨晚醉後做了甚麼。

我感覺到自己身旁睡了一個人，這件事情絕對反常得嚇人。

我深深吸了口氣，緩緩地把目光移動著，一抹有著長長秀髮的背影映入眼簾，我不禁內心一沉，再輕輕摸了自己的下身，猶幸我仍穿著褲子，但……她好像換了另一套睡衣？

這一點令我在意起來！而種種跡象證明昨晚肯定發生過一件瘋狂的事，但我不敢去證實。

就在那個瞬間，我滿腦子充斥著一個念頭，我應否在 Bella 睡醒前走回自己的臥房？

只要假裝一切都沒有發生，昨晚只是醉後做了一場夢。縱使她醒來後有所疑問，我也有藉口開脫，那怕之後她會心生芥蒂，可是懷疑和肯定又是兩回事。

可是我們真的有做錯事嗎？

　　我也不敢肯定我們昨晚有沒有做過愛，只是目前的環境表面證供看來……

　　就像答案擺在眼前，可是我選擇不揭曉的話，就可以裝作答案不存在。

　　那一刻，我躊躇著該如何抉擇，我的內心開始求神拜佛，這是有生以來最虔誠的一次。

　　只要我們沒有做錯事，別的錯事即使更甚瘋狂，我都可以接受。

　　畢竟她是我前同屋主兼中學同學的前任，假設我們真的做錯了事，這種微妙又凌亂的關係，當要抽絲剝繭地細想，真會感到不堪想像。

　　想得太久已經為時已晚，Bella 從枕頭底掏出自己的手機，我知道她已經睡醒過來，只要回復意識的話，我不敢想像今天過後我們會怎樣相處，事態發展會變成怎樣？

　　「早晨。」

　　她別過臉來的瞬間，竟然神態自若地跟我問好。話音剛落更自然地打了一個呵欠，伸了一個懶腰，此情此境使我訝異不已。

　　這個女人是怎樣的一回事？難道昨晚的事發經過，她記得一清二楚嗎？

　　「Sorry……」

我覺得自己要率先道歉　，在面對預料不到的事態下，我的本能意識會覺得抱歉。

　　雖然我知道道歉並不代表對方要接受，道歉的主要作用只是為了令自己好過點而已。

　　說實話，我知道道歉其實對別人的傷害無補於事，我亦覺得道歉被濫用了。但我曾經因為一句沒有說出口的道歉，時至今日仍在耿耿於懷。

　　「嗯？Sor咩ry？」

　　我答不上話來，她見狀不屑地嘖道：「你諗多咗啦莫少，轉頭起身我建議你要搞返掂你間房把鎖先，跟住你就會知道點解會瞓咗喺我間房。」

　　我抱著滿腦子的疑問踏出Bella的房間，只見我的房門閉上，客廳亦沒有任何異樣，而昨晚喝的啤酒罐也清理掉。

　　「尋晚你自己飲醉咗反鎖咗自己間房道門，跟住你就自己無啦啦走咗入我間房瞓，仲搞到我要瞓廳！張梳化太硬啦，搞到我瞓咗一陣就起身執返好啲嘢，沖完涼就入返自己房攤下聽下歌。」

　　「即係其實你一直喺房冇瞓過？」

　　「係呀。」

　　「你唔介意㗎？有個男人……」

「嘩，你當我係咩，我梗係介意啦！不過你瞓到冇咗意識咁，咁都冇辦法啦！而且……你呢個草食男都唔會對我做啲咩啦，見你平時咁好人，通容你一次囉。」

我緩過了一口氣：「咁即係尋晚除咗反鎖咗道門之外，我哋就咩都冇做過？」

她想了想：「唔係喎！尋晚你都做咗幾多嘢呀，應該話我哋尋晚都做咗好多嘢。」

聽到這句，我整個人又再繃緊起來。

「到底仲做過啲咩？」

她指著我那部放在茶几的手提電腦說：「你叫我入房，然後問我幾時出個新故？跟住我講笑話擇日不如撞日，你就一句答話：『好呀！而家出。』」

「……」

「然後就出咗 post 開始咗個連載，仲打咗啲……我唔知叫唔叫心底話啦，跟住仲 send 咗封 e-mail 去鬧你原本間出版社。仲係咁鬧話『一本書只係得七蚊都拖稿費，食屎啦。』跟住就話好開心繼續去飲酒，結果就反鎖咗道門。」

「……」

「仲有你好頹咁話有個女仔 message 你，講咗少少你同佢嘅嘢，咁我咪鼓勵你覆佢 message，睇下傾唔傾得返偈。」

「咩話，咁我最後有冇覆佢？」

她在害我嗎？

「咁又冇，你都係話唔好覆住！再跟住你話我哋要做返自己，你就幫我打電話同我好朋友講對唔住，我仲同佢傾咗兩句，再跟住就 message 嗰條仆街講咗一堆問候佢全家嘅嘢，雖然都係得個單剔，但個心舒服晒。」

「應該冇啦嘛。」

她想了一陣後搖頭：「應該冇啦，我印象就係到呢度。因為之後你就話眼瞓入咗我間房瞓，我就喺張梳化度好快瞓著咗。」

我還未整理得及昨晚所發生的連環不思議事件。

一個人會藉著酒醉或斷片來演活另一個截然不同的自己，我覺得昨晚的自己不是斷片而是玩命。

沒錯，昨晚我們的確做了一些瘋狂的事情，但並不是做愛，而是做了一些比起做愛更為瘋狂的事。

我們做了自己內心最想做而一直不敢做的事。

想到這點，我寧願自己和 Bella 在昨晚做過愛。

沒想過，原來做自己內心最想做的事，感覺上會比起做愛更為瘋狂。

　　原來在我根深柢固的潛意識裡，做愛並不瘋狂，做自己才是最瘋狂。

　　如果做自己這麼可怕的話，我寧願做愛，正如蘇格拉底的名言，無論如何我們都會後悔。

　　說回那道反鎖的睡房，折騰了半天直至日落時分，幾經辛苦後，我重獲了進入自己睡房的權限。

　　只是過程有點糟糕，不過這點又要歸功 Bella。當時我 Google 後仍然感到苦無頭緒，但 Bella 卻貪玩地嚷著給她試一下，而我一個不慎答允，結果她不知那來的神力一扭……

　　那把鎖爛了，房門也在瞬間徐徐地打開了，只是木門的鎖位出現了幾道裂痕，木門怎樣也合不上，門框也好像移位了。

　　我目瞪口呆地看著那道門，她只好尷尬地微笑。

　　無言的事情接踵而來，我打開電腦看著自己在某登討論區更新的連載，那段心底話的內容，果然是我的心底話，不過是不宜說出來的真話。

　　結果其他人的留言和回應也反應兩極，我讀著每一則留言，內心感到悔不當初，只是正評的數目卻是近三年來最高，是歷史性新高，我的內心簡直是百感交集得近乎無奈。

　　接著，我收到同為作者的友人和 Hebe 的訊息，他們的訊息內容幾乎雷同。

「喂，衰鬼！其實我覺得你寫得幾好，寫呢啲幾好睇呀。」

「你最新嗰篇文個風格變咗好多，係新嘗試？幾好睇呀，加油！」

我抱著疑惑不已的心情，看到自己昨晚在 Instgram 更新的帖文，主題是《真心，我好 L 憎過年》，內容是描述某年過年的冷清和不便，還有對強顏歡笑的親戚飯局的不滿，hashtags 還標明了自己是喝醉後才亂 post，而下面的留言竟然是「我也喝醉」等回應。

那個鐘數是醉酒佬的活躍時間嗎？

更令我意想不到的是反應極好，讚好數目創了歷史的高位，當然由零起跳到任何一個數值都會是歷史高位。

而且這則帖文更為我增加了接近五百個新的 followers，簡直是不可思議，又令我感到費解。

難道真的認真就輸了？一不認真就贏了？

起初我想回覆 Hebe 這是一場意外，後來我猶豫應否繼續把那條訊息閒置在陌生訊息，但我覺得這樣做很無禮，於是便回覆感謝作罷。

沒想到，最終我還是回覆了 Hebe。

至於友人的稱讚，我認真地回覆這是一場醉後的意外，是次意外後也引發了許多波瀾。

　　那一刻我在感嘆，或許世間大部分的轉變都是由一場微不足道的意外引發。

　　友人亦回覆道：「一切轉變都是由一場意外開始，包括做爸爸。」

　　X！

　　「係喎，你記唔記得我哋約咗後晚食飯？」

　　真的有嗎？我好像忘了這回事。不過我們很久沒見，不管是他記錯還是我善忘，我也懶得深究，畢竟我們都是善忘一族，記憶只用來記一些寫作上的事情，就連部分日常生活應佔的記憶容量也讓位給寫作。

　　「好似係，後晚？年初四幾點？七點？」

　　「Yeah！到時尖沙咀飲啤同食飯。」

　　又飲？但我還是答允了友人。

　　然後，在還未消化一場意外所引發的連鎖效應下，我又收到了一則來自 Gmail 的提示：「你有兩封未讀的郵件。」

　　有一封是來自熟悉的電郵地址，是我本來的那間混帳出版社。打開後我第一時間看到署名，是出版社的老闆，大年初二她竟然沒有放假？

　　電郵的內容令我嚇愣，是提早終止合約並將稿費全數扣除作提早解約賠償的事宜。

突然，一抹薯片被咬的清脆聲劃破了我的思緒，我不禁嚇得回眸一看，只見 Bella 抱著一包薯片吃著，同時看著我在整理昨晚所發生的種種。

　　「你喺度搞咩？」

　　「睇住你，驚你睇唔開。」

　　「到底尋晚仲發生咗咩事？」

　　Bella 補上一句：「我啱啱記起講漏咗一樣嘢！你鬧完你間出版社之後，我好似有鼓勵你不如轉風格寫啲自白，你話驚冇人睇。咁我咪叫你直接投稿去其他出版社，你話冇呢個膽量，於是我話幫你投稿。」

　　「吓，乜話？咁最後你有冇做到？我有冇阻止你？」

　　她思索了一會：「你……答完我『好』就瞓咗部電腦畀我，跟住我將你封存嗰個檔案入面嘅文投咗去好多間出版社，你仲話多謝我，出第三本書一定送一本畀我。同埋你話你有一篇係寫自己好憎過年，只係一直冇 post，於是你遞部手機畀我幫你出。」

　　我的腦海瞬間被掏空，然後腦海浮現起那封電郵的每一個字，再浮現起「完蛋了」三個字。

　　「而家出版社話提早同我解約。」

　　說完這句，我的內心感到很累。聽說一個人只要在短時間內受到不同程度的刺激就會瘋掉。

看來，我真的很有機會成為一個剛好懂得寫自白的癡線佬。

她走進來，把那封電郵秒讀了一遍後答道：「咁咪好囉，佢肯放過你，咪當係重新開始？七蚊一本書嘅稿費就豪畀佢囉。」

重新開始……其實我聽到這四個字的瞬間，有一種釋懷的感覺，反正我與這間出版社的關係就是一場折磨，它嫌棄我而我覺得它不尊重我。

可是在思緒的盡頭，我卻有所猶豫。到底重新開始真的這麼容易嗎？我可沒有這般豁達。

嚴格來說，離開一間對自己百般掣肘的出版社應會為寫作事業帶來希望，但是我對未來卻感到不安。畢竟一直以來我都不敢想像未來這回事，而重新開始就是一個思索未來的命題，至於希望的反義就是失望，失望就是因為曾經滿懷希望。

「都係嘅。」

不知怎的，看著 Bella 由衷地希望這是我的新開始，我知道那張臉、那句話和行動是包含她的祝福，縱使是歸究於醉後的衝動，但我仍然不想令她失望。

可能這是我的壞習慣使然，以前有一段日子我是靠著別人的期望來成為自己的動力，因此我很害怕自己會令人失望，我很害怕自己失去了動力。

失去動力後的自己，就會活成現在這般模樣，那怕許多道理我都懂，但就是提不起勁。

為免令她失望，我堆出微笑作回應並道謝。

就在此時，她跟我說：「你仲有一封 e-mail 未睇㗎。」

她主動把那封電郵打開，是一個陌生的電郵地址，而署名是 XX 出版總編輯 Jason Chan，內容大意是……

他有興趣出版這份投稿，想新年後找天跟我談談，想了解一下我與本來那間出版社的合約是否到期抑或沒有條文限制，還留下了自己其他的聯絡方式，包括由電話到社交平台的帳戶，可謂誠意十足。

想不到 Bella 讀完這封電郵後比我更興奮，不停跟我說快點回覆，但我的情緒卻還未適應過來，畢竟我剛在地獄和天堂間來回了幾遍，因此沒有多大的反應，只是回覆了那封電郵，同時提供了自己的電話號碼。

那一刻，我的腦海仍未接受這一堆接二連三的事情，我覺得一切毫不真實，想不到在一場醉後醒來，本來一潭死水的人生會迎來了翻天覆地的逆轉。

就在那個瞬間，Bella 收到了一通來電，她訝異地把手機亮給我說：「我呢個 friend 竟然會打畀我！」

她接聽後一個箭步走回自己的睡房，並把房門半掩。我從那只有半道門寬的門縫，看到 Bella 快樂地說著這通電話。

無可否認這些轉變都是由 Bella 搬進來開始，亦不能否定沒有她的話，就算我喝得有多醉也做不出昨晚的種種。

當然沒有我的話，她也沒有機會接聽到她最好朋友的這通來電。

看著她的笑臉使我閃過一抹……奇怪的想法，我們彷彿將會一步一步影響彼此的命運。

很多人經常從口中談到命運，但從未見過。直到種種意外所引發的一場轉變，令我開始感受到這就是命運。

而命運就是一種怎麼忽然就變成了這樣的感覺，不論是好的是壞的，總括而言就是這種感受。

或許，我真的要好好感謝 Bella 吧，前題是……她不再要求我假扮鍾意男人，從而合理化她的存在。

想著想著，她又闖入我的睡房，劃破了當下的感性。

「喂喂，我個好朋友約我後日食 dinner 呀，話好耐冇聚過！」

「咁咪好囉，congrats ！」

「但佢問我而家住邊同邊個住，我話 long story 下次講，我到時點答好？」

「嘩，我唔會因為你而扮鍾意男人。」

「衰人！幫咗你咁多，唔幫返我一次！」

「我幫完你，如果傳咗出去我仲點識女仔？」

「祝你呢世做草食男，哼！」

「我間唔中食肉㗎。」

「你準備呢世食草啦！」

話音剛落，Bella 走回客廳，咧嘴攤著咕哩看著電視，卻又間中瞪著我的臥房位置。

這是一個在裝可憐和發小朋友脾氣的行徑，作為成年人是很不該的。

這個女人仍然死性不改，打著我性取向的主意，並有意圖擅自改變我對外的性取向形象。

剛才那道謝的念頭，當我沒想過吧，可惡！

她說，當你接受現實的瞬間，就是重新開始的序章。

Chapter 10
指針的轉動

經歷了年初二的轉捩點後，在年初三的赤口，我們延續了那個莫少應否犧牲自己，來合理化 Bella 與男人同居的這個毫無討論和退讓空間的話題。

而戰況我只可以用胡鬧兩個字去形容，因為我從沒有想過有人會威逼利誘我假裝喜歡男人。

這些橋段我覺得寫進書裡也是一個離地得有點離譜的情節，但偏偏發生在我身上。

Bella 一時板著臉一時扮可憐地待在客廳，更刻意開了電視，就像告訴著我，她在發脾氣，她寧願看電視也不願跟我聊天。

但對我有用嗎？我真的會在乎嗎？看來她太天真了。

這個赤口因為北風襲港而令天氣變得寒冷，由於整間屋的暖氣機就只有浴室裡的那台，白天的情況還好，但到了太陽下山後，客廳就被一股冷空氣所籠罩著，加上客廳只有電視機的聲音，Bella 咧嘴默不作聲滑著手機，讓整個氣氛不期然降至冰點。

我很記得電視裡的頻道是 24 小時新聞台，新聞報導中一抹熟悉的聲響，劃破我的思緒。

「嘭！」

我聽到眾人倉惶四散的逃跑聲，縱使我看不見畫面，腦海也勾劃出了一幕幕的畫面。

　　我的思緒還未定，新聞已經報導著衛生署講述公立醫院當日新冠肺炎病例的數目⋯⋯

　　我有一種很不真實的感覺，而這種不太真實的感覺，我覺得是來自轉變的速度。

　　要說這一年的轉變，我覺得變化的速度是以幾何級數來計算的。那速度快得令我對這座城市的一切頓覺陌生，舊有的概念彷彿悉數要重新認知，每當有人問起相關問題時，「不知道」三個字變成了日常回答的狀態，但實情上每回答完「不知道」後，我會暗問自己，到底是不知道？還是不想知道？

　　啊！我很喜歡自問自答，但實情上不是我喜歡，而是願意和我對談的人太少，跟我聊得上話的近乎稀有，不過這並不代表我是異於常人的天才，而是從正常人眼中看來，我就是異類，會把人嚇怕，他們會盡量遠離。

　　這是我懂得自量的其中一點。

　　我不介意從人群中將自己個體化，然後把看在眼裡的事情，再透過自問自答的辯思，一字一句地寫下來。

　　記得在中學時期有人對我說過，不要把腦內那些瘋狂和截然不同的想法說出來，而是用寫下來的方法，這樣其他人就不會聽到，就不會被人指指點點。

　　而我的家人也說過類似，不過他們的說法比較簡單，就是一句「閉嘴吧」，與其有這些心力思考無聊問題，倒不如努力讀書。

　　因此我開始把想法寫下來，但寫著寫著我又感到迷失。

　　為甚麼連自己的想法都不能好好地表達？

　　想著想著我又感到不甘，因此我試著把自己的想法加一點想像和現實的所見所聞構成一個故事，抱著把那些別人不愛聽的話好好再覆述一遍的心態，再在百無聊懶和 emo 的情人節夜裡，在論壇開設了一個帳戶，替自己改了一個筆名，然後連載了第一個故事，結果大受歡迎。

　　接下來就是出書找回了自己的定位，找回了那個塵封了的自己，然後我又再迷失自己的定位，又再塵封自己。

　　我覺得人生就是在找回自己和迷失自己間搖擺的一個過程，只是迷失了就很難找回。

　　「我啱啱睇到 Facebook 同 Instagram，話有人開始炒口罩炒酒精，同埋講緊應唔應該戴口罩，你點睇呀？」

　　生活剛充滿希望，現實卻充斥著動盪。

　　而我沒想過因為一個口罩，令我與 Bella 那場胡鬧的爭端中止。

　　「我唔知呀，戴同唔戴係自由，唔使討論呀。」

　　「咁今晚你食唔食嘢呀？」

我躊躇半晌，但不知為何躊躇，因為不吃晚餐是我的習慣使然，可是時至今日被 Bella 問起，我竟然會猶豫而非拒絕。

　　「……」

　　「你唔會又想話唔知呀？」

　　「我……食呀，食呀！你想食咩？」

　　她微笑地滑著手機：「今晚不如食煲仔飯？天氣凍想食返啲熱嘢。」

　　「堂食？喺外賣？定你去買？」

　　她不屑地說：「係一齊去買，你唔係要我一個女仔拎兩煲飯呀？」

　　最終我被說服了隨她一起去買外賣。今晚的天氣很冷，但我發現 Bella 只穿了一件 Oversize 的深藍色衛衣和一條頸巾，雙腿卻曝露在冷空氣中。

　　雖然這種矛盾令我不解，但視覺效果上絕對滿分，至少那些途人的目光驗證了我的想法。

　　其間我們又在爭論外賣煲仔飯會有煲嗎？她覺得有，而我覺得未必有。我認為沒有那個砂煲的話就跟盅頭飯無異，感覺很笨柒，但她覺得有飯焦就已經收貨。

　　最後，我們發現這間食肆的外賣煲仔飯是沒有砂煲的，我覺得這樣的話就失去原意，可是 Bella 對煲仔飯的執念使我又一次妥協，最終我們選擇堂食。無可否認，在寒冷的天氣下吃上熱騰騰的煲仔飯是絕配。

　　我覺得食物美味與否也要取決當時的氣氛，例如童年回憶的小食部魚蛋是人間美味，長大後再吃的話，感覺上又變成了另一回事。不知道是已經失了水準，還是回憶裡的味道永遠都美味。

　　Bella 一邊吃著一邊滑著手機，我覺得她的生活如果失去了手機或者音樂的話，她肯定會瘋了。

　　不過玩手機這回事也會傳染，我一邊嘴嚼著硬過自己條命的飯焦，一邊登入論壇的帳戶，然後竟然看到有三十多道通知，我心生疑惑地點進自己在講故台的帖文後，那個正評數目使我感到難以置信。

　　我再三確認一下自己有否錯進了別人的帖子後，彷彿見證了奇蹟！昨晚明明只有二百多個正評，那已經打破了我的紀錄，今天卻竟直達六百三十個正評，負評也有六十個，兩者都是史無前例的高位。

　　在見證類近神蹟之際，我被飯焦噎著差點可以去見神。

　　喝了一口水後，咳嗽才緩過氣來，餐廳的人紛紛投以異目，而電視的新聞正播放著新冠肺炎的患者數字，情況尷尬不已。

　　晚飯過後，我們又為各自的事情埋頭苦幹著，我為更新連載和回覆留言而忙碌，我覺得自己在瞬間拾回了昔日連載的動力。

她聚精匯神地觀看著 YouTube 的 vlog，時而看靈異時而看化妝，她的愛好也挺跳脫。

　　其實我們的生活明明可以互不相干，但住在同一屋簷下，又不知怎的總會影響彼此。

　　嗯，明明受影響最多的是我。

　　突然間，手機彈出了一則訊息。

　　「莫少，你好呀，我係 XX 出版嘅 Jason Chan 呀，唔知道你下星期一有冇時間傾傾合約？因為我哋打算今個書展出呢一本書。」

　　機會真的來了！

　　「好呀，下星期一見呀。」

　　回覆後伸了一個懶腰，是夜的心情不錯，就喝一罐啤酒慶祝一番吧。

　　轉身的瞬間，Bella 依傍在門框吃著雪糕的身影映入眼簾，當場把我嚇得霍地醒來。

　　「頂，你入人哋間房又唔敲門又唔出聲。」

　　她望了門框一眼：「見你冇閂門咪望下你做緊咩，望到有啲悶就拎雪糕食下。」

　　「我間房唔係海洋公園個魚缸！我邊忽似海洋館啲魚呀？」

「冇辦法啦，見你房門又冇閂，咁我好難唔好奇你做緊咩喎。」

她話音剛落，我不作任何回答，只是裝作把門鎖爛掉的房門關上，貼上門框邊的瞬間，房門儼如自動門般打開。

Bella 見狀笑說：「過兩日我買返把鎖幫你裝返，再整返實個門鉸，再睇睇個門框有冇移位，到時你咪可以閂返道門囉。」

「……」

「喂呀，最後你入得返間房咪得囉，而且邊個叫你反鎖咗道房門喎？」

我臉如死灰地說：「技術層面上，係門鎖、門鉸同門框三位一體畀你摧毀咗。」

她報以笑臉，輕輕拍了我的肩膀以示安慰。

「飲唔飲啤酒？聽晚放工請你食炸雞，唔好嬲啦。」

「聽晚？」

我思索著明天好像有事要忙之際，Bella 已經搶白道著：「係喎，我聽晚同我個 best friend 食飯，你夜晚自己記得食嘢，後晚至請你啦。」

「嗯？咦，我聽晚都約咗個 friend 食飯。」

「係？竟然？女仔？」

「男仔！同我一樣都係作者。」

「哦，都話你有潛質鍾意男人㗎啦。」

鍾意男人這四個字由 Bella 口中說出，令我有一股不祥的預感。

「Off topic！我投降。」

「唔係喎，我真係覺得⋯⋯」

我心生一計：「飲唔飲啤酒？」

「我要凍嘅唔該。」

我就這樣成功暫且把話題轉移，只是我沒想過 Bella 竟然又做出一些令人意想不到的事情。

就是她將啤酒倒進玻璃杯內，再把雪糕倒進去。

「小姐，雪糕加可樂就叫黑牛，你呢個咩玩法？」

她吃上了一口，接著滿意地點頭。

「我就係諗既然可樂可以溝埋雪糕，點解啤酒唔可以溝雲尼拿味雪糕？」

我啞口無言地看著她，她把匙羹遞了給我，我搖頭婉拒了，接著她把匙羹塞進我的嘴裡侵佔了我的舌頭，1664 啤酒加上雲尼

拿味雪糕竟然意想不到的美味,有點像有汽的 snowball,只是比
snowball 多一點輕微的啤酒苦澀。

味道這回事是很主觀的,不過我可以接受。

「咦,都 ok 喎!」

「都話啦,我整一杯界你試下。」

我還未回答,她已經興奮不已地走進了廚房,而我只好尾隨著,
為免她又發揮小創意。

「點解你會諗到將呢兩樣嘢溝埋一齊?」

她跟我說自己經常有選擇困難症,而且又很懶惰,因此她的臥
房長期擺放了一本《解答之書》,只要遇上難以選擇或者懶得思考
的事情,她就會請教這一本書,而這個新派甜品就是受《解答之書》
啟發。

「咁你覺得解唔解答到?幫唔幫到你?」

「好多問題都解答到,不論愛情呀、事業呀或者一啲生活上嘅
小問題。」

噢,我好像找到了 Bella 人生變得糟糕的原因。

「有冇諗過你靠呢本書去解答人生疑難,結果產生出更多問
題?」

她的眼眸轉了幾圈，彷彿終於思索出答案。

「妖……尊重啦！」

接著，她把那杯參照黑牛製法的「啤牛」（那是她自己取名的，意思是 Bella 的黑牛）遞給我。

有些美味只需要一口就夠！一杯的話會吃不消，甚至會肚痛的。

可是我已經沒有思考的權利，因為我不知怎樣拒絕 Bella，加上她的盛情難卻，結果我只好接受。

我接下了這杯「啤牛」後，我們各自回到自己的臥房，畢竟時候不早，明天她要上班，其實我也要，只是在家工作而已。

我發現自從 Bella 出現後，我察覺到自己有回時間觀念，我知道自己的日子還是要過下去，我重新感受到自己的生活，開始再次細味曾經已經放棄過的生活，而不是勉強地活著。

自己體內的那個時鐘的指針彷彿再度轉動，只是時鐘的轉動，意味著我會看到時間和生活中的不停交替，我又開始感到不安。

我開始害怕這一種在不安和期待間搖擺的感覺，但這一種感覺，就是認知自己活著的證明。

很矛盾呢。

我原有的生活被她逐點改變，我曾疑惑過這點是否不太健康，但我本來的生活就不健康，因此不如放棄這些無聊的思考。

　　而那些改變，簡直是我以前從沒想像過的，彷彿我慢慢當回昔日的自己，而非過得不好但活著的行屍走肉。

　　無可否認，有她在的日子，就宛如眼前的「啤牛」又苦又甜，還有一鑊泡……但有時卻覺得這點生活趣味可以令我的心靈不再像荒漠化般一點一點枯竭。

　　唉……開始有點肚痛。

　　我更正，有她在的日子，就宛如眼前的「啤牛」又苦又甜，還有一鑊泡，她的低能是我覺得有趣的根源，只是一個不慎就會害得我拉肚子。

　　在廁所的期間，往往是我接觸手機最多的時間，因為沒事可做。

　　「不如搵一晚約食飯？我哋都好耐冇見。」

　　Instagram 彈出了一則訊息通知，Hebe 這個英文名映入了眼簾。

　　我稍為猶豫半晌後，決定暫且把那則訊息閒置不作理會。

　　說到尾，是我不懂得如何處理重新打開話匣的一切，是我對明天過後種種與未來相關的事仍存有不安。

　　但我又認真思量著，漠視一位女性太多遍，是否有點無禮和稍欠風度？

　　我應該回覆嗎？

想著想著，肚子又再痛了一遍。

她說，哪一種人最令你覺得刻骨銘心？是得不到的人？是令你覺得遺憾的人？還是不知不覺走進你生活佔有每個時刻的那位。

Chapter 11

突如其來的忐忑

「最近都好忙，因為同緊一間新嘅出版社傾緊出第三本書。」

「恭喜你呀，咁等你忙完先。」

曾經我因為第三本書的事而厭世，冷落過 Hebe 的情意，並且不知不覺地傷害過她。

現在我繼續用忙碌和第三本書來敷衍她，婉拒她主動的邀約，這點令我感到忐忑。

因此我補上一句：「可能下星期會得閒啲，再約呀。」

「好呀。」

其實又是另類的敷衍，只是為了自己內心好過一點，可是許多人卻為這些近似得閒飲茶的藉口有所憧憬。

但我不這樣回應又能怎樣？

從廁所回到臥房後，雙腿已經屙得發軟，渾身感到疲乏，不消一會便睡死過去。

明明睡得很酣，但翌日醒來卻頭昏腦脹，是因為我吃了一杯「啤牛」等如喝了一罐啤酒加一球雪糕嗎？

看來是這段日子喝酒喝得太多，又休息得不夠，害得我一整天對著電腦昏昏欲睡，甚至寫了一篇我不知道自己在想甚麼，也不知道自己在寫甚麼的文章。

　　是時候短期內與酒精說不……

　　突然一則訊息使我回過神來！

　　「今朝個肚好唔舒服呀。」

　　是 Bella。

　　「一個月一次？」

　　「唔係呀，係肚痛呀。」

　　「都叫咗你唔好亂食嘢啦。」

　　「你有冇肚痛？」

　　「有！多得你唔少呀真係。」

　　「咁都好啲，平衡返。」

　　「證明咗你本《解答之書》可以燒咗佢！仲有唔舒服就早啲返嚟瞓下，我要繼續寫嘢，唔得閒理你。」

　　「今晚我要同朋友食飯。」

把這則訊息已讀後，我繼續埋頭苦幹地工作。

縱使昏昏欲睡地工作，目前的感覺卻再沒有以前般不踏實，為生存而工作，為執著而寫作，現在我彷彿重新找回自己的定位和目標。更新連載的時候，讀者極速的回覆成為我的動力，而在 Instagram 更新那些癡線佬的自白帖文時，也收到很多因帖文而有共鳴的私人訊息。

我知道自己並不孤單，而是有一班人與我一起孤單。

明明幾天前我還在浮浮沉沉地隱居，昔日離我很遠的事情卻眨眼間就來到自己面前，想法漸漸變得稍為積極，晚上更離開了自己的避風港出外與作者友人聚會暢飲聊天。

難道這真是一個幻變的世代？

友人找到一間隱世的餐廳酒吧，他覺得這個地方充滿著自己的回憶，我沒有追問，畢竟回憶這回事想著會懷念，開口複述一遍會很痛。

這個地方從門面不難看出它的隱世，而內裡的裝潢則過得去吧，牆上掛了幾幅畫，燈光的亮度恰到好處，畢竟我沒有甚麼生活品味，家裡的風格也是單調簡單得很，不過近年簡單好像變成了潮流。

侍者遞上是日晚餐的菜單和酒單給我們，推介了幾款精選晚餐和三款這間店的招牌雞尾酒。

友人拒絕侍者所推介的雞尾酒，點了一杯白酒，但侍者的熱情使我不懂拒絕人的壞習慣發作，因此點了那三杯一 set 的招牌雞尾酒，結果被友人取笑了一番。

　　由此可見，我並非有著很大的改變，仍然不太懂拒絕人，但細心想想，我的改變的確是源於不懂拒絕 Bella 開始。

　　侍者很快便端上我點的那三杯酒，再悉心推介著三杯酒的名稱和喝下去的順序。

　　我沒有想過喝酒也如此考究，取名也有含意，由第一杯酒 Loving 開始喝起，味道很甜，甜得像果汁，令我疑惑過這杯是否算得上酒？第二杯酒 Nothing 比較普通，外頭的酒吧大多可以喝到，而最後一杯 Timing 的味道比較有漱口水的口感，是喝完甜東西後需要注重口腔健康嗎？

　　總括而言，三杯酒的構想不錯，但味道我不太喜歡，可能我算不上嗜甜，如果 Bella 在場的話，或許她會喜歡。

　　怎麼我會無端想起她？

　　情況有點不妙！聽說只要無故想起一個人，這一種不自覺的在意，就是迷上一個人之前的徵兆。

　　「做乜諗嘢唔繼續飲呀？係咪好難飲呀？」

　　「唔係呀。」

　　友人追問起我在訊息中回覆的意外，我便將意外前的一個接一個意外娓娓道來。

　　「有冇做過愛？」

　　我被人騙完財後，還要迫於無奈收留騙子的前女朋友，而這個前女朋友跟我一樣是苦主，我沒想過友人聽完這個故事後，會發出這個疑問。

　　「頂，梗係冇做過啦。」

　　「咁你想唔想同佢做？」

　　「唔想。」

　　「有猶豫，唔通係唔靚？」

　　「咁又唔係，佢幾靚！但我冇諗過囉。」

　　「有冇眨過？」

　　「有嘅。」

　　「咁到我好奇係咩樣？」

　　我把 Bella 的 WhatsApp 頭像給友人看了一眼後，他說了一句：「你咁都忍得，果然心無雜念！抵你出到第三本書同埋有新開始。」

　　「咁你呢？今年出幾多本呀？」

「出一本算啦，劫啦！係喎，有冇買定口罩？而家開始戴定口罩好似安全啲，日日都有人中。」

「嗯？之前唔係仲討論緊戴唔戴口罩？」

「而家啲人真係開始搶口罩啦。」

友人這句話又再度令我覺得周遭的時間彷彿被加速了，明明昨天是這樣，今天就已經換了另一回事，每個人看著自己和周遭的變遷，卻連一句怎麼突然就變成這樣也來不及提問，世情又變了另一回事。

就像昨天明明仍然很冷，今天就已經回暖；早幾天我仍然迷茫打算繼續避世，今天卻跑了出來跟友人聚會，聊起自己的近況，一切就像天文台的天氣預報一樣，是瞬息萬變得難以掌握。

但……唯獨人心惶惶這回事，諷刺地卻一直沒變。又或者是因為一切變得太快，我們才會產生不適和不安，引致人心惶惶。

今晚和友人喝了很多，三杯雞尾酒只是前菜，我們再各自喝了兩大杯啤酒，再各自一杯不明的 shooter，帶上輕微的醉意結束今晚的聚會。

沒錯，我破戒了。明明今早還說過短時間內不可再沾酒精，果然計劃是趕不上變化，哈哈。

臨別時，友人說了一句：「你變咗好多，變得比一年前嘅你開心咗。」

友人這一句話使我疑惑。

我真的變了嗎？

在想這條問題的答案時，腦海中竟掠過 Bella 的臉龐，想必是我今晚喝得太多，只要酒喝太多，腦袋就會甚麼都思考一遍。

腦海中已經有一堆問題在思考，這一句只好排隊等待腦袋的剖析，有待探討為甚麼會出現 Bella 臉龐這猶如 404 的情況。

剛才的種種想法一直猶在心間，直到與友人分別後我仍在思索。

但其實我在思考甚麼？我不知道，只是想了一堆事情，但又不知道自己其實為甚麼要思考。

回到家裡，起初我以為踏進家門的一刻，會看到 Bella 懶洋洋地攤在梳化上，怎料映入眼簾卻是烏燈黑火的客廳，我的內心不由自主地泛起一絲的失望。

這種感覺的出現令我莫名不已，我知道這是一個漸漸養成的習慣在內心泛起的一片漣漪。

我洗過了澡，連載也更新了，可是 Bella 仍未回家，我亦不知怎的守在客廳，把手機一直握在手中，思緒不停地交戰著應否 WhatsApp 她。

但她不是我的另一半，我們算不上好朋友，身份上是同屋主兼同樣受騙的苦主，我的擔憂不但是多餘，感覺上更有點變態。

隨著時間一點一滴地過去，那種失望的感覺變成忐忑，這種狀態令我頓感不安。

　　我為自己在意這位同屋主感到不安。

　　我為自己沒有身份去投入任何情感而感到不安。

　　我對於自己的擔憂和焦慮感到不安。

　　我為自己躊躇著應否致電給 Bella 感到不安。

　　剎那間，種種的不安引起的紊亂被握在手中的手機震動提示所劃破。

　　「我今晚唔返嚟呀。」

　　讀到這一句，我的心不由自控地下沉。

　　為何會下沉？是習慣。那是腦海在瞬間冒出的想法。

　　我猶豫著應否回覆，還是就此作罷？其實是我的身份令自己沒有選擇吧？畢竟追問下去會很怪，但好奇和猜測會把自己折騰得死去活來。

　　我曾經想過安慰自己，若果她真的跟別人回家，這樣的話她很快就會搬走，這是我最初的願望。

　　想到這點我又感到忐忑，但我不能正視這份忐忑背後的深意，因此我沒有作出任何決定，而是把腦海內的糾結悉數寫進那個本該

被塵封卻意外地被 Bella 打開的檔案。這個檔案猶如潘朵拉的盒子，當中寫了很多瘋狂的想法，但亦意外地帶給我希望。

一個癡線佬面對兩難的焦慮，到底是選擇困難症，還是自由意志在內心起了衝突？

我一邊寫著一邊思考，慢慢地好像把思考的重心轉到了別的問題，慢慢地在客廳放空，然後就因用腦過度睡著了。

為甚麼這份忐忑很快就被我拋諸腦後？或許我最著重的只有自己，又或者面對過太多無可奈何的事，我懂得怎樣應對。我覺得只要把那些糾結和煩惱寫下來就好了，那怕現實並不會因而變好，但自我感覺會舒坦一點，至少過了一會就不會感到難過。

翌日醒來繼續工作，但這天早上我覺得很冷清，明明今日氣溫已經回升至二十三度，在太陽照射下有點熱，但我仍然覺得有一股冷冷的氣息。

這份冷清夾雜著一絲空洞，我知道這是因為欠缺了往日嘈吵的風筒聲。

而這一份不安感令我察覺到自己不知從何時開始害怕這間屋變得冷清，因為這份冷清令我認清自己的寂寞。

我認為這是連鎖效應，一個人如果終日習慣失望，麻木會令其對絕境處之泰然，可是一旦被他感受過希望以後，那種落差的感覺會令人難受，縱使那個人曾經習慣了失望。

我一邊帶著這份惆悵工作，直到聽到門鎖聲傳來，我不禁回神探頭望出，只見大門關上的一瞬，Bella疲憊的身影攤在梳化上。

「嗯？今日唔使返工？」

我故意望兩眼客廳的時鐘。

「請咗病假呀。」

Bella揉著自己的額角，而我故意裝作若無其事般地探問：「咁你尋晚去咗邊呀？見你成晚冇返。」

「去咗我姐妹嘅屋企，始終我飲到咁醉，返屋企對住個男人又唔係咁好，而且我係你朋友嘅前任，好似好複雜咁……」

聽到Bella沒有跟別的男人回家，我內心的第一個感覺是慶幸，可是聽到這句的後半，我頓感難受。

「吓？」

「I mean係佢咁講。咁費時要佢擔心啦，始終佢都講得有啲道理，我哋住埋一齊但又唔係情侶，真係有啲怪。」

聽到這句出自Bella口中，我覺得有點不太舒服。

她補上一句，猶如補了上一刀：「佢叫我搵地方搬，但以我目前經濟狀況搬出去都幾有難度。但又唔想佢終日擔心我，所以日後可能間唔中會去佢度過夜。不過我唔會搬去同佢住啦，佢男朋友間唔中都會上去過夜。咁……我唔喺度瞓嘅時候，你咪可以耳根清靜

136

啲寫文再寫下一本書，我喺度嘅時候，你可能就要將就下界我煩住，哈哈。」

她刻意堆出那幾下笑聲，加上一些不說破的話，令我更加難受。

或許我最初的抗拒，她是感受得到，或許過去的經歷令她比起任何人更輕易察覺到別人討厭自己。

但我後來習慣了她的存在，又為甚麼她感覺不到？不過我也是近兩天才察覺自己習慣和接受她的存在。

「嗯，係嘅。」

接著，我們不禁沉默起來。我走回自己的臥房繼續工作，彷彿我們意識到話題繼續討論下去都沒有意思，甚至會有反效果，畢竟我們的確欠缺一個同住的身份。說是同屋主又十分勉強，我又不會假裝喜歡男人，況且我們縱使同住，卻未有過擦出火花的契機，這種親近就像果實一樣，時機不對結不出果，熟了不採又會爛透。

道理我們都懂，但感覺卻不懂。

我們仍然會沉進這種紊亂的思緒當中。

猶如置身於情感的泥濘中，不管怎樣掙扎，還是會愈陷愈深的那種感覺。

自那天過後，Bella 不在家的日子變多了，令我鼻癢的香薰氣味漸漸淡掉。那道壞掉的房門我一直任由它關不上，反正家中也長期沒有人，能不能關上也毫無分別，又或者我內心期望過每當我回眸的時候，會見到一個人吃著雪糕，把聚精會神工作的我當成水族館的海洋生物觀賞。

　　我不知道，同時也不敢肯定這種期望是否真正存在。

　　只知道由一開始我把感到忐忑和對這份冷清的不適，慢慢地轉化為文字，用一個癡線佬的角度把百般感受寫下。日子一天一點過去，我又習慣了這種感覺，更病態地把感覺成為靈感泉源的一部分，因此我懷疑過每個寫作的人都有斯德哥爾摩症候群，他們都暗地裡喜歡自虐。

　　相反地，當 Bella 在家的時間，我們變回了最初的不慣和沉默。

　　或許，人與人之間就像一條平行線，所謂的交錯其實是一場偶合，而過後各走各路才是常態。

　　我們在最冷的日子相遇相交，猶如天冷圍爐取暖；當回暖的日子來臨，我們就要重新出發，彷彿我們都是候鳥，都有屬於自己的人生和生活。

　　唯有等待下一個最冷的日子，或許我們又可以圍爐取暖，但下一個最冷的日子會變成怎樣，我又不得而知。

　　因為我發覺自從某一年開始，所有事情都變化得很快，我以為只要待在「深山」寫作，世界就會與我無關，可是每當我打開社交媒體，就會看到有一份恐懼籠罩著這座城市，人們開始因為惶恐而

做出許多荒誕的事情。昔日一文不值的口罩、清潔用品、日用品和漂白水被炒賣至瘋狂的價錢仍然有價有市。剛剛看到新聞訪問，情人節最佳禮物變成防疫用品，細心想想卻又合乎這座城市的市況。

啊，今天原來是情人節，現在時值下午六時，Bella 今晚會否回家？

我在等待和疑惑的過程中寫了一篇文章，關於猜測自己會否一個人度過的自白，結果換來許多人的「情人節快樂」或者「總有一天你會慣」的回應。

時間一點一滴地過去，我看著那個「失敗者俱樂部」的 WhatsApp 群組，對上一次聊天已經是買日用品的照片。

「我今晚同班朋友食飯呀，今晚會去我好姐妹度瞓呀。」

Bella 的 WhatsApp 揭開答案。明明這些年來我都一個人過活，但為甚麼今年卻會有覺得自己有人陪的天真想法？

又或者，在我的潛意識裡從來就討厭孤單過活，但理性和現實的層面卻迫著自己接受。直到 Bella 出現後，潛意識有時會與理性和現實發生衝突，隨著目前有新的機遇，潛意識取勝的機率增加，我為此感到忐忑，因為我害怕不知哪一方會取勝。

嗯，又可以撰寫多一篇這樣的剖白。

「Hey，情人節一個人過？」

正當我又開始敲著鍵盤寫文時，又再有一則訊息闖進來。

她說，我們都被迫著接受現實活得理智，因此每當眼見情感快
將凋零時會有所忐忑，經歷理智崩塌時會產生邏輯上的眩暈感。

Chapter 12

時代的最低氣溫（上）

「Hey，情人節一個人過？」

我沒想過友人會在 2 月 14 日這天邀約我，大概兩個男人過這個節日很基情，因此我寧願一個人過，畢竟一個人過節的寂寞我慣了。

嗯？現在外出應該要戴口罩？

但我竟然用了這個疑問回應，到底我有多寂寞才會跟一個男人過情人節也不想獨留在家？

同時我覺得自己真像深山野人，與這座城市的資訊脫節。

我問了友人這條問題，在他的回覆和取笑後，我選擇戴上口罩。

嗯，我還是被他勸了出去尖沙咀陪他把酒談歡。

今晚的氣溫剛好，算不上冷也算不上熱，這座城市特有的春天氣息總令我渾身不自在。

我和友人在尖沙咀找了一間酒吧買醉，當晚酒吧幾乎被情侶包場，我和友人顯得格外奇特，看來這個節日是不太歡迎單身人士出外。

當晚酒吧有很多人，多得使我就算脫下口罩也覺得窒息，猶幸是我的酒量變淺，一支白酒就能把我喝得頭昏腦脹。

　　而友人在我們碰杯的過程間也成功找到伴，使我可以有藉口提早離場。

　　或許在這個節日下，每個人都不甘寂寞，兩個不甘寂寞的人在這種氛圍下，十分容易擦出火花。

　　在我提早離場後，我沒有別的地方去，只有回到那個清靜的避風港，無可救藥地打開電視，轉到 24 小時的新聞台，希望透過電視的人聲使整間屋的環境不致冷清。

　　然後透過新聞的提要，我發覺這座城市的荒唐一天比一天更甚。今年情人節的禮物不再是名貴的手袋或手機、耳機等等，竟然是口罩或酒精搓手液。

　　到底要多人心惶惶才會有這種恐慌，讓這種恐慌變成這種荒唐？

　　想著想著，我不禁看看家中衛生用品的存貨，慶幸 Bella 早前買了一堆回來，至少可以足夠我用三個月以上，畢竟我甚少外出。

　　我總不期然又想起 Bella。

　　不知道她今晚玩得有多快樂？會結識到異性嗎？

　　然而我的壞習慣又發作，寫著寫著又忘了這份惦記，又或者是我刻意忘掉這份惦記。

　　因為我知道就算想念，但又能如何？說一句想念？然後呢？她好像已將近一整個星期沒有回來。

　　既然如此，就忘掉吧。

　　樂觀地想，就把這份少少的惆悵當作未來可能會出現的離別練習，太久沒有人向自己的心房敲門，練習一下也是對的。

　　今晚的天氣，明明很暖和帶點潮濕，但我總覺得客廳有點寒意。

　　是鬧鬼嗎？我發現自己的潛意識寧願這份寒意是來自鬧鬼，也不願接受這是冷清和寂寞。

　　明明我已經打開了電視，把客廳所有燈都亮著，同時更把手提電腦放在大腿上，在梳化瑟縮一角地工作。

　　我發現當初購買這部手提電腦不是任性，是明智。

　　就當作鬧鬼吧，或許這隻鬼也同樣感到寂寞……

　　突然一下的開門聲差點把我嚇破膽，腦內更想著：「我只係講下咋，唔好鬧鬼呀！我未準備好搬屋呀！」

　　只見喝得醉醺醺的 Bella 走得東歪西倒，再攤在梳化上。

　　「你今晚唔係唔返嚟？」

　　她搓揉著額角說道：「情人節嘛，咁佢都陪完我哋食飯，唔想阻住佢同佢男朋友啦！搞到佢哋好慘咁。」

「原來係咁。」

「咁返嚟唔好咩？你又唔出去玩？」

話音剛落，Bella 看了我一眼，眼神對上的瞬間，我的腦袋莫名地發麻，害得我支支吾吾地答：「好呀，okay 呀。」

就在她沉默的瞬間，加上我的不知所措，我覺得我倆已變得疏遠了。

我發覺養成一個習慣大約要二十一日，但和一個人只需要一個星期沒有交談、交流，那段關係就會出現隔閡，要打破隔閡又要用上時間。可是時間不允許的話，累積的隔閡就會把那段關係終結。

很不公平呢。

或許，Bella 也察覺到稍有不妥，於是她主動打開了話匣。

「係呢，其實以你性格應該唔會主動開一個 public 嘅 Instagram 帳戶，亦都見你以前好少更新，咁你個帳戶係用嚟做咩？」

啊！實不相瞞，那個寫作的 Instagram 的帳戶，其實最初的原意並不是為了寫作，而是為了㬨女。

不過這回事就像初心一樣，走著走著就忘記了。

看著看著，又沒有人理睬，覺得這裡儼如網絡孤島，於是就用來更新自己的文章。

　　Bella 聽到後不禁失笑，說挺合乎我的人設，活像一個怪人，一個相處久了也覺得不錯的怪人。

　　聽到她的讚許，這次我沒有心虛，相反內心洋溢著一股暖流。

　　或許我的內心也渴望讚賞，只是所渴望的讚賞與一般人稍有不同，但後來我發現要人欣賞本我這回事很困難，因此很久以前開始，我便慢慢打消這個念頭，直到那次經歷過沮喪以後。

　　而今晚我沒想過有這份節日「禮物」。

　　「係呢？你簽咗出版合約未呀？」

　　「簽咗啦。」

　　想起簽下書約的一刻，握著筆的手不停微微顫抖，那種緊張和興奮的感覺在內心交戰。在正式簽下書約後，內心是多麼希望與 Bella 分享這件事，可惜她隔了很久沒有回家。

　　當初的亢奮待到這刻才分享，卻已經變得雲淡風輕。

　　這是相隔一段日子後，我們又聊上了話，臉上再掛起笑意，她仍然如此迷人。

這時我才認真看了一眼她的穿著，她穿了一條簡單有袖的黑色開叉裙，就這樣攤坐在梳化上。但我太輕看開叉裙的殺著，那雙比例完美的長腿明明一覽無遺，但偏偏若隱若現。今晚她噴了香水，前調的味道比較濃，我不知尾香是甚麼味道，帶點清甜令人沉醉，加上她喝了酒，有點酒味，彷彿就像一杯 whiskey sour，在浪漫、誘人和現實間層遞。

　　想著想著，我發現自己竟然快將把持不住。

　　為甚麼會這樣？我內心吶喊：「啊！全部雜念同我收皮！」

　　更要命的是，她好像察覺到我的目光，但她的眼神卻是從容不已，沒有流露出絲毫反感。

　　我忘了自己今晚也喝了酒，說實話白酒比起啤酒更容易上腦，令理性麻醉，讓思緒和情感放大。

　　正因為情感和思緒放大，才令我想得更多。

　　我很清楚，與朋友或者同屋主上床與吃麻辣火鍋無異，過程的汗流浹背讓人痛快，事後同樣會令人後悔得要命。

　　想到這點，我嚇得縮頭縮腦把視線移到電視的新聞，再扯開話題，問一下她今晚到了哪裡喝酒、那頓飯的味道如何等廢話。

　　聊著聊著，她打了一個呵欠，接著才懶洋洋地動身洗澡，而我也走回臥房繼續工作。

記得她洗過澡後，又點起了香薰蠟燭，害得我在臥房中一邊更新連載故事一邊打噴嚏，要命的是房門關不上，因為我一直沒有處理過。

不過當晚她吹完頭後沒有繼續在梳化躺著或者播歌，而是很快便走回自己的臥房睡覺。

或許喝醉的她感到累了。

翌日，她起床上班後，家裡又變回空蕩蕩的狀態。我知道回復冷清是必然的事實，我這個想法是一種心理準備，準備今天以後又被寂寞和寂靜所衝擊。

走出客廳之際，我因為香薰的氣味打了一個噴嚏，但我卻在瞬間感到惆悵，因為我知道這陣味道很快又會淡了下來。

果然，我的想法是對的。

當晚她又沒有回來，接下來的日子，我都見不到她。香薰的味道也漸漸變淡，她臥房門外的那張地毯也很可憐，看來已因沒有人打理而封塵。

一摸之下，果然如此。結果有輕微潔癖的我花了數分鐘把那些塵清理抹去，再用蒸汽熨斗將其熨直。

然後，我又很多管閒事和不知自己怎的，好好地打掃了 Bella 的房間，再將整間屋打掃乾淨。

當勞動過後安靜下來，我又嘆了一口氣。

其實有許多事情是我預想之內，但不論在腦海演習過多少次，總敵不過面對現實的那一瞬。

但我知道自己總會習慣，比起讓時間沖淡一切，習慣這回事絕對更現實，「總一天你會習慣」這一句，才是讓人實在瞭解未來的狀態。

這份寂寞由一種狀態慢慢變成一種日常，我將這份日常剖得細碎，再用一些瘋狂的角度把碎片變成文字，然後就會成為自己選擇的孤獨，周而復始。

慢慢地，我發覺自己享受了這份日常，因為既然改變不了就享受吧。

這種消極的想法很不該。

隨著日子一天一天地過去，我漸漸覺得情人節晚上的對話變得愈來愈不真實，彷彿是自己的幻想。

當然愈來愈不真實的並不限於那個晚上，我發現這座城市的日子也愈來愈不真實。打開社交平台看到別人轉載的新聞，疫情一天比一天嚴峻，應否戴口罩出外慢慢成為網絡熱議的話題。我以為情人節禮物送口罩和酒精已經是一種荒唐，但我沒想過連超級市場的廁紙也被偷，這種荒誕一天比一天更甚，當這種荒謬變成日常，我開始確切感受到周遭彌漫著一種慌亂和不安。

但我沒有想過這座城市的氛圍，竟造就了我的瘋狂想法。那個封存的檔案愈寫愈多，除了那份在家工作的正職外，我幾乎沒事可

做，生活就只有寫作，但有時我不想宅在一個太寧靜的家中，因此偶爾會與友人出外暢談暢飲。

今晚也不例外。

這個月份的天氣乍暖還寒，明明上星期還開始回暖又有點潮濕，但昨晚下了一場雨後，氣溫又再次下降。

倘若人在天冷時的本能是找人圍爐的話，那麼我的爐該圍在哪裡？是在這裡嗎？與眼前這個等待獵食的男人，很可悲呢。

突然間，我又想起 Bella，又想起煲仔飯，想起許多許多。

就在那個瞬間，我知道自己不是真的需要圍爐，而是又不知怎的會惦記著那個人。

明明想念是一種自我情感，自我情感應該是一種意志，但為甚麼自己卻控制不了？

難道想念不是一種意志，而是兩個人曾經有過共鳴後的迴響？

我一直在思索，一個陌生人闖進自己的家後，我竟然用了二十一天將她融入自己的生活。習慣了她存在過後，她就悄然離開，縱使她時而會回來，但那個時而也真的很偶爾。

明明習慣大約需要用二十一天來養成，而與一個人產生隔閡只需要一個星期沒有交談，但為甚麼想念這回事卻追不上一星期的步伐？它是 IE 嗎？反應比較遲鈍嗎？

在我感到疑惑、不安和惆悵下，酒喝了一杯、兩杯、三杯，然後再點了一支又一支的酒。不知為何今晚的我好像怎喝也不醉，連友人也醉倒後，我好像仍沒有醉倒，只是頭有點重有點暈眩。

從沒想過自己能夠如此能喝，或許我已經醉掉，只是思考變得放膽而已。

回到家後，我並沒有洗過澡便睡死，相反我趁著在腦袋看似清醒又有點醉意的情況下，在梳化上抱著手提電腦瑟縮一角，將很多想法寫了下來。

在那個時候，我開始不知為何要喝酒，我的人生還不夠枯燥乏味得再帶點苦嗎？買醉如果旨在麻醉自己，但諷刺地卻在醉後變得清醒的話，這個做法會否有點傻豬豬？

我把這個疑惑和狂想在 Instagram 更新，結果在深夜換來許多共鳴，連 Bella 也首次私訊我回覆「傻豬豬 +1」。

而我不禁挖苦說：「你次次飲酒都只係去做豬。」

「因為我發現自己做咗傻豬豬，所以先去做豬瞓覺，唔想諗太多嘢。」

「有道理。」

在這晚醉後，本來交給出版社的稿起初估計只有五萬字，最終我交了一份七萬多字的稿。

　　而編輯看到後十分喜歡，這是我出乎意料的，他更說會優先處理這本實體書，很有可能在書展前一星期已經上架。

　　不過，我發現自己的心情在這份快樂背後也相對地矛盾，因為造就這本書和書中的題材全都是看似荒謬，但偏偏是我親眼所聽所見的事實，再加自己的想法寫下。

　　而我對這份快樂的迷思，被兩則訊息所打斷。

　　「最近市面酒精同埋啲清潔用品都好缺，你夠唔夠呀？約你食飯拎啲畀你呀，你屋企人都可能需要？」

　　是 Hebe，與她約食飯這回事，我差點忘了。

　　「屋企啲口罩同埋消毒用品用晒未呀？我呢兩日拎啲返嚟？因為我朋友幫我訂咗好多。」

　　那個沉靜已久的「失敗者俱樂部」群組，終於又被 Bella 的這則訊息打破了寧靜。

　　口罩短缺，疫情肆虐，但諷刺地因為一片口罩一樽消毒酒精，讓許多很久沒見或者漸長隔閡的人重新連繫。

　　她說，睡吧，傷感的世界就應該與你無關。但在夢裡的幸福，卻真正的與你無關。

Chapter 13
時代的最低氣溫（下）

Hebe 的訊息令我猶豫了片刻，最後還是以官腔答覆作對應。

「都夠呀，你留返畀自己啦。」

我不懂拒絕別人，我知道 Hebe 這句話的揭後語是見面。縱使她只是間接地問，我卻仍為婉拒她感到懊惱。

為甚麼會感到懊惱？我不知道，大概我害怕又傷害她一次。

想真一點也覺得自己有點不該，可是我知道自己只能如此。

愛意是感情的催化劑，既能讓一段感情瞬間昇華，也能讓一段關係從此變得淡漠，再以倍數枯萎。那怕彼此曾經互生情愫，可是如果其中一方稍為後退或者時機不對，此後就很難再有然後，再見仍只能像萍水相逢。

「Okay！謝謝。」

我發現自己對 Bella 的回應變得冷漠，比起面對 Hebe 更冷漠。

或許冷漠是人類一種防衛焦慮的機制，當一個人不斷面臨他無力克服的危機時，他的心理最終防線就是避免感覺到這種危機。

　　我記起了曾經的自己，因為拒絕面對種種的無力感，所以選擇躲在避風港裡，這樣的話世界應該就與我無關。可惜現實是殘酷的，租金太貴我不能獨力應付，所以我要找一位同屋主分擔租金，結果就有了接下來的故事。

　　因此，這是我潛意識的對應機制，而這種對應機制曾經使我害怕與其他人親近，連正常社交也想完全斷絕。

　　然而，Bella 的到來讓我漸漸抗拒太過寧靜的家。白天因為要工作還好，可是入黑後真的會受不了。我開始效法 Bella 在家時的習慣，就是把電視打開播放著新聞台的頻道。

　　正因如此，每當我閒下來的時候總會聽到有關這座城市的新聞，加上由於需要定期在 Instagram 更新，我的社交平台再也不像以前般冷清，因此接觸網絡世界也多了。

　　結果，我也迫著接觸這座城市的荒謬日常，致使我的生活再也不像從前般隱居。

　　這座城市的人紛紛戴上口罩，而口罩、漂白水成為了稀有的物資，連廁紙也會缺貨，這是我從未想過的荒唐狀況。

　　或許是我的想像力不夠。

　　Work form home 的工作模式慢慢普及，由於多了一個藉口留在家中，網上平台 Netflix 成為日常的消遣娛樂，更有許多網上購物平台應運而生。

聽說初時有許多人邀請女孩到自己家中作客觀看 Netflix，這成為了一時流行的約會藉口。

另外，某個可以匿名開帳戶的交友平台也讓市民多了一個消遣渠道。

這座城市正在急速變化，彷彿要匆匆跟昔日的一切告別。

不論是曾經的輝煌還是某年的煙霧迷漫，都猶如最後一抹日光沒落在地平線的前夕，將天空染得通紅。有人覺得很美，因此拿出手機拍下；有人覺得那是天氣轉變前的跡象，感到憂心忡忡；有人覺得生活如常，啊，我只想上班等下班，下班就盡情玩樂。

面對這種變化，每當我走到街上，街上的人流仍然熙來攘往，人們仍然一邊營營役役，一邊希望過去會過去的，未來還未來，與我內心的不安形成強烈的對比。

我將這種不安和不停工作、寫作、做家務等日常繼續寫出來，然後更新到 Insatgram，換來許多人的共鳴。而這些網絡中的共鳴，與我在現實中所見所聞又形成一種極端的落差。

或許，有部分人繼續自欺欺人和裝作若無其事，所以我只能在網絡中，只能在字裡行間尋求共鳴。

那是由嘆喟、唏噓和悲傷所構成的共鳴。

今日的電視不再單單播放著新聞台，畢竟播了幾天也會厭，客廳的冷清讓我感受到微微的寒意，但明明今天的天氣頗為溫暖。

　　而且聽得太多新聞也會累，也想找個地方躲起來，好讓自己覺得世界、這座城市與我無關。

　　我覺得這年間的新聞不再震撼，但那一點一點的壞消息已將無力感放大。

　　今晚我試著播 Netflix 的節目，其實我沒太留意內容，純粹覺得不用再聽到染疫人數或甚麼鑽石公主號等最新消息，我想將一些無能為力的困擾抽離自己的生活，再將那些抽離出體內的困擾寫進那個本來封存的檔案中。

　　當我寫完一篇文章之際，電子鎖的開門聲響使瑟縮在梳化上的我回過神來。

　　我沒想過 Bella 今天會回來並帶了一個人，這個人跟隨著 Bella 的步伐踏進我的家門，她友善地跟我打招呼，Bella 也簡單介紹了她，原來這個人就是 Bella 傳說中的好姐妹。

　　至於為甚麼她會突然出現在我的家中，原來是因為 Bella 要帶一些口罩和消毒用品回來，而恰巧她今天約了這位好友，因此順道帶她看看自己居住的環境和同屋主是一個甚麼樣的人，好讓她安心。

　　我的心跳在瞬間加速，並不是她的朋友也很美，甚至比 Bella 更美，而是對我這種怕陌生的人而言，只要有陌生人出現在我的住處，即使住處明明是充滿安全感的地方，也會使我立即感到不安。

　　當我發現她的好姐妹的視線偶爾落在我身上時，我會更感不安。

畢竟我有自知之明，斷不會因為我長得英氣而多望兩眼。更何況這世上引人注目的只有兩種，一種是美麗的事物，一種是怪得很的東西。

我相信自己絕對是後者。

沒錯，我的社交恐懼又發作。

我的思緒對此感到紊亂，只可以裝作從容地打字，實情上我只是亂寫一通，把自己內心的慌亂寫出來。

如果我是一個癡線佬的話，當一個陌生的女子闖進我的家裡，我絕對不會思考跟她做愛，我只會害怕得思考自己該如何自處。我的內心亂得慌了瘋了，拿著電腦亂寫，好讓自己的內心平靜下來⋯⋯

沒想過我又寫得不錯，也足夠癡線。

慢著，我不就是這樣嗎？

我聽著她們在我的房子裡一邊參觀一邊聊著悄悄話，Bella 的好姐妹讚揚這裡的環境很乾淨，門外的地氈也一塵不染，臥房的香薰味道不錯，從她們的對答間得悉，香薰是她的好姐妹所送的。

我終於找到令我敏感的真兇。

她們給我的感覺像參觀動物園，又像參觀水族館，而我就是裡頭的動物。

　　未幾，我聽到她的好姐妹提問了一句，說實話，我不懂為何她們既然是竊竊私語，音量何解不再調低一點。

　　難道又要怪這座城市的房子隔音很差嗎？

　　「你同屋主係咪身體好差嘅長期病患呀？」

　　甚麼？原來我不是長得怪，又不是像一個文弱的宅男，而是長得似快要病死的人。

　　「唔係呀，可能佢好少出街，成日匿埋喺屋企寫文。」

　　縱使 Bella 替我解答，可是她好姐妹的這句話仍令我十分在意，因此我牢牢記住了這個人。

　　她名叫甚麼並不重要，重要的是她覺得我像病得快死的人，也是把香薰送給 Bella 讓我敏感的元兇。

　　我想找天寫一篇短文，描述這個人對我的評價。

　　我小器？怎麼可能，我是感謝她激發靈感而已。

　　今晚她們選擇外賣 pizza，而整頓晚飯我沒有出聲的空間，除了我的社交恐懼發作之外，同時我發覺只要一個男人置身於兩個女人的世界入面，男人就會很容易沒有存在感。

　　稍有存在感的時刻，就是我和 Bella 還有她的好姐妹互相追蹤了 Instagram 帳戶。

我未曾想過會在這個時刻，讓 Bella 和她的朋友知道了我的私人 Instagram 帳戶，主要是我真的不懂拒絕他人。

　　我也沒有想過，Bella 的 Instagram 甚少更新，帖文也是寥寥可數。相反她的好姐妹卻很喜歡行山和去沙灘，幾乎每星期都會更新一堆令人感覺陽光的帖文。

　　但接下來，我又繼續沒有存在感般聽著她們聊天。

　　那一刻我終於想通，女人們的聚會如果要帶上另一半，首先要其他人都會帶上另一半，原來這是一種安置的行為。

　　嗯？我又不是 Bella 的另一半，怎麼會代入這些假設。

　　晚飯過後，她的好姐妹離開了，而 Bella 今晚在這裡過夜。

　　我曾經想過今晚早點睡，我們只是同屋主，期待無謂的交流是自討苦吃。反正她明天就會離開，今晚只是借宿一宵而已。

　　諷刺地我不知怎的失眠，同時因為敏感而不停地打噴嚏和流鼻水，那種香薰的味道久違了。

　　我發現習慣這回事連鼻敏感也能痊癒，可是一旦習慣不再是習慣後，舊病又會再度復發。

　　或許不是痊癒，而是嗅覺習慣了，因此不再覺得這種味道刺鼻。

　　果然，翌日她又離開了。

我沒有想太多，因為我生怕自己會莫名地想念。

這段日子我所寫的文章比起過去的都多，可能我當作是一種寄託吧。畢竟想真一點，我除了寫作以外就好像一無所有，感情太遙遠，財務不太自由，能夠有一座避風港已經實屬萬幸。

寫作的理由，由從前的執著慢慢變成害怕被人遺忘。

我發覺自己害怕被遺忘，但又害怕被人關注，因為我知道關注並不會永恆，同樣地我害怕寂寞。

很矛盾對吧？可是人就是矛盾的生物。

至於感情，我發覺自己慢慢過了那個愛來愛去，愛得死去活來的年紀後，已知曉愛情不等於一切。

也沒有一段關係能撩動心弦，讓彼此的共鳴形成心跳的頻率，而那段頻率能夠維持很久很久。

再也沒有。

而且外頭的氛圍令我感到很不安，這座城市由二月開始設下了很多規範，連昔日認為理所當然的日常，也因為這些規範一點一點地收緊。

明明許多人都知道發生甚麼事情，但他們好像不再在乎，或覺得是時候要裝睡，甚至既然如此不如一邊狂歡一邊迎來這個地方的末日。

或許我沒有資格評價這種行徑，因為我也是這種人。

把自己關在一個地方，然後努力地寫作，等待自己的新書出版，不停地寫不停地寫，甚麼都不要再想。

直到 2020 年的 7 月時值炎夏，我覺得時間這回事同樣變得很怪，一開始我覺得時間流逝得很慢，但突然間又覺得時間過得很快。

或許待在「深山」的日子太久？

就這樣依靠著電視的新聞報導，我不至於完全隱居，可是隔著電視去看世界，不安的感覺近乎到臨界點。因為我知道，很多人都知道這座城市真的回不到從前。

我再沒有認真計算 Bella 有多少晚回來留宿，縱使我仍會打掃她的臥房，但這對我來說已經變成一種習慣。香薰的味道變得更淡，我藉此估計她有多久沒回來。

香薰的味道日漸變得更淡，淡得彷彿從沒存在過般，我覺得更加不慣。

這間屋就是要有這種氣味，那是我認為的。

可能我在害怕寂寞，同時因為這間房子太靜太乏味了，我開始害怕這種重複的日子，彷彿把自己關在一個牢獄。

因此我作出了一個瘋狂的舉動，就是徑自點著了 Bella 臥房中的香薰，接著害得自己敏感了一整天。

　　這種自虐的行徑是不建議模仿的，但我知道自己這般瘋狂是因為仍然想念、緬懷著昔日藉醉意而生的共鳴。

　　人類的感情很簡單很片面，雖然有點膚淺，但正因為膚淺，而簡單更難得。因為這個世代的關係太多雜質和太多計算，相反這種瘋狂亂入的情感，比起那些順著日子而認識來得更真實。

　　在這一個瘋狂的世代，原來一切真的變得瘋狂。

　　我一直游離在這種想法，直到某個下午收到一通電話，讓我的內心不禁下沉。

　　「莫少，我哋收到好多書展宣佈延期等等唔穩定嘅消息啦，你本書嘅印刷出版須要押後，可能要到下個書展，我哋搵日再傾傾……」

　　我聽到押後這兩個字，耳鳴的聲音又一次出現，對上一次是第三本書的出版計劃落空，而這一次同樣是第三本書的出版計劃押後。

　　收到出版社這則消息，把電話掛掉後我的心是懸著一陣子再沉著一陣子，彷彿一切美好的希望，原來是為了迎來更大的絕望。

　　當下內心滿腔不安和不甘無處訴說，明明已經握在手中的將要實現的事情在瞬間落空，猶如突然醒來，所有出現過的希望都只限在夢境裡。

　　我在 Instagram 宣佈第三本書的出版計劃押後，再粗略交代一下原因，收到的每一個回覆都是一抹嘆唱。

有人問過，怎樣才算是最壞的時代？

就是每一件瑣碎事和每一單時事，加起來的重量都讓活在這座城市的人感到沮喪。

就像明明時值七月的炎夏，但我仍然覺得客廳冷清得猶如初冬，一切都變得凋零。

例如，我收到這個消息不久後，便看到 Bella 的 Instagram 更新了一則 story。

她在一個看海的環境裡，一個看似酒店的地方，觀賞著 Netflix。

到底她與誰在看戲？

Netflix and chill 這回事，我覺得很無聊，明明就是哄女仔上床的過程。

但我發現招式其實無分老舊，最緊要有人受。

而這一點又令我反思，到底人類是否有進步？還是潮流這回事只不過是一個循環？

沒有的，我只想分散自己的注意。

想著想著，我覺得 Bella 應該很快搬走，然後沮喪的感覺又加劇。

　　對我來說，這年的 7 月開始，正式踏入時代的最低氣溫，每個人都感到沮喪。

　　而這場凜冬彷彿沒有回暖的一天，至少我不敢想像等到哪一日才暖和。

　　因為只要想到終有一日會暖和，人就會覺得有希望，有希望就會令自己陷入更大的絕望。

　　沒錯，我在這刻感到絕望和沮喪。

　　這個晚上，我一反常態離開了自己的住處，因為對著電腦和家裡的一切都會覺得沮喪，Instagram 那些看似慰問，實際是滿足自己好奇心的訊息令我覺得很困擾。

　　既然沒有人能夠與我圍爐，倒不如喝酒暖身吧。

　　因此我第一次隻身到酒吧，怎料我沒記起酒吧因疫情不准營業，更別說酒吧，晚上六時後連食肆也不准堂食。

　　沒錯，每一件細微的事情，每一個生活上的變改而令人感到不適的，都令我感到沮喪。

　　猶如一座即將崩塌的建築物，那怕是一下輕微的震撼，甚至是一個噴嚏，對它來說日積月累下也是致命。

　　於是我買了幾罐啤酒在海旁找個位置，希望快點把自己灌醉。

只要醉掉，種種感覺就會麻木，這個充滿痛苦的世界就會短暫與我無關。

一罐、兩罐、三罐、四罐、五罐⋯⋯我沒想過當我喝了第五罐啤酒後，手機的來電震動讓我回到現實世界。

是 Bella 的來電，我猶豫地按下接聽，但願她不是跟某某做完愛後，裸著身子喘著氣致電慰問我吧。

「喂？做咩？」

「我問你做咩至真呀，你 okay 嘛？」

「我 okay 呀。」

「你真係 okay？我返到屋企都唔見你喎，嚇死我咩。」

我沒想過，原來我在這個家的存在與一件傢具無異，平時存在是理所當然，突然消失的話會令人慌張。

我怎麼會想到這些？看來我喝得太多。

「你返屋企？你唔係 Staycation 睇 Netflix 咩？」

「我同我幾個 friend book 咗酒店套票食 buffet 咋嘛，見你好似有啲事咪返屋企搵你。」

「原來係咁。」

　　原來是我想多了。我沒想過 Bella 竟然關心我，又或者這樣說，這是我第一次被異性這樣關心著。

　　「咁你而家喺邊呀？我嚟搵你？」

　　「尖沙咀海旁，唔使搵我啦！我飲埋呢兩罐就返嚟。」

　　「咁我買定啤酒喺屋企等你啦，見你雪櫃啲啤酒都飲晒。」

　　「飲晒好耐啦。」

　　「咁你飲埋呢兩罐返嚟再同你飲啦。」

　　把電話掛掉後，剛才的醉意開始退卻慢慢回復清醒，因此我繼續喝著，我知道自己要帶著醉意方可回家，才敢面對其他人。

　　她說，所謂喜歡一項興趣或者夢想，實情上並不是單單喜歡，而是需要這種寄託。

Chapter 14
精神上的一夜情

記得餘下的那兩罐啤酒，我喝了很久。

海浪聲並沒有把我破落的思緒治癒，同時我發覺內心的唏噓，是用多少毫升的啤酒也淹沒不了，最終只有醉醺醺的感覺而已。一切都沒有改變，唏噓的感覺仍然猶在心間，第三本書的出版計劃繼續擱置。

帶著醉意回家的路上，好像有下過一場雨，又好像只是我想像而已。

我曾懷疑過如果酒醉是將自己的思緒和情感放大，借酒消愁是否一件傻豬豬的事？

而今晚我有了答案。

其實借酒消愁是一個誘因，實情上是想找個地方把自己收起，再藉著酒精將自己的情感放大。在那個空間裡自處，任由放大後的愁緒將自己折磨得死去活來，這樣的話痛夠便會麻木……又或者痛夠便會習慣？我很喜歡「習慣」這個名詞。

踏著輕浮的步履回家，只見客廳的暗燈亮著，香薰的味道變濃，電視繼續播放著二十四小時的新聞台，而 Bella 在梳化上瑟縮睡去。

映入眼簾的這個場景，卻莫名地泛起一種窩心的感覺，頓時覺

得有一個人在家裡等待自己是幸福的，同時內心在瞬間渴望著這種幸福。

這種窩心的感覺像一陣風劃過心間，彷彿把我整個人吹醒，我猶如在破落的廢墟中，看到了有一盞路燈，而她站在這裡等待著我。

我就這樣站在客廳的中心靜靜地端詳著睡著的 Bella，過了一會才覺得自己的行徑很癡漢，正準備動身到浴室梳洗之際，一個因敏感而起的噴嚏卻把 Bella 喚醒。

「返嚟啦？」

不知怎的，睡眼惺忪的 Bella 說出這句話也令我覺得很窩心。

「係呀，搞到你等到瞓著咗，sorry。」

她瞇著眼笑道：「唔係呀，係我成日喺嗰邊都瞓得唔好。始終都係呢度同呢張梳化有一種魔力，雖然明明坐得唔舒服，但就係唔知點解。」

「咁……得閒咪返多啲嘥。」

她堆起笑意不作回應，而我卻猛然醒來，這幸福和窩心的感覺只是錯覺。

我沉浸在錯覺，而她又不察覺會惹來他人遐想的情況下還好。

可是一旦道破，或者令她察覺的時候，就會掀起一層隔閡，因為我們都很害怕不知所措。

我見狀扯開話題：「有啲頭痛，而家沖涼先，轉頭再飲返罐回魂酒。」

這句話逗得 Bella 笑了一笑，或許這抹笑容是為了化解剛才沉默的尷尬。

洗澡過後，我走到廚房的雪櫃拿了兩罐啤酒，Bella 一如往日般攤開手心，說一聲：「唔該。」

然後我把啤酒塞到她手上，這種事也真的久違了。

或許因為已經過 pre-drink，由拉開酒罐的蓋，再到 Bella 探問我的情況如何，喝起第一口啤酒開始，我已經將自己內裡的苦水盡吐。

有時候訴苦水令人感到懊惱的莫過於滿腦子都是煩心事，而嘴巴得一張，總令每件事情都是欲說還休，更不知從何說起。

但慶幸 Bella 今晚稱職地充當樹洞，至少跟她訴苦的感覺，就像是靈魂窒息已久後，終於能夠好好地倒抽一口涼氣。

或者有些愁緒想說出口很久，因此才能如此從容。

今晚雖然帶點醉，但我很清楚自己想跟 Bella 訴苦，亦十分清楚我很需要她。

關於這點，今晚的我沒有掙扎，至少今晚沒有。那怕這是我過分想像，怎樣也好，我今晚就是需要訴苦，就是需要一個依靠。

我們一邊說著，一邊喝著。

我把第三本書的封面和電子樣版給了她看，Bella 覺得設計有待改善，所以不要著急，提議我再有計劃的時候反映一下意見，可能出來的成品更能引人購買。

我跟她說了一個殘酷的現實，像我這種在作者界浮浮沉沉的作者，是沒有多大的話語權。

更甚我曾經懷疑過，我算得上是一名作家嗎？抑或只是一個普通在網絡撰寫文章的人？

她稍為用力握著空了的酒罐：「我相信你總有一日會有話語權！好多人都係喫，好似食物鏈嘅最底層咁，不論感情呀、工作呀等等，一切都身不由己。」

我們的眼神對上，瞧見她苦笑的臉容，我突然猜想在這段日子間，她肯定吃了一些苦頭吧？

「睇嚟你呢段日子都有少少故事喎。」

她咧嘴說：「返工升職又唔輪到我，感情就之前有個男同事 flirt 我，同佢食過一次晚飯，點知望到佢電話相簿個 wallpaper，再三追問佢先答原來佢有老婆，個仔都兩歲，嗰下有少少難受……」

聽到這點，我竟然也有點生氣，而這個情緒並非完全出於那個人在欺騙 Bella，而是我在嫉妒。

或許真的喝太多，情感情緒會放大，思考方向會偏向感性。

「點解難受？」

「感覺就係……唉，又遇到仆街，平時喺公司就扮單身，好在發現得早。」

「咁發現得早，冇蝕底畀佢咪得。」

「如果我蝕底咗畀佢，我一定唱衰佢踩上門搵佢老婆囉。」

「咁又唔好！」

「你覺得我做唔出咩？」

「搵上門呢樣嘢我信你一定做得出啦。」

「咁又係，哈哈。」

而笑聲的盡頭，Bella 又是一抹惋嘆，而我又想起自己被騙 3000 元的事，深信這件事真的可以記一世。

一切的一切就這樣開始，每次重頭細想這一切都覺得不可思議，但我經常在猜想到底這個故事能走多遠？

接著，她把電視的音量調到最細，然後向我說道：「同你講樣嘢呀，我細個時娛樂唔係得好多，電視都唔畀睇。所以我成日趁屋企冇人嘅時候就會開電視，不論開心定唔開心，但為咗唔畀屋企人返嚟嘅時候知道，所以電視機個音量會校到冇聲，始終以防萬一嘛。

然後我就會幫電視機入面啲角色配音，扮係嗰個角色哄返自己，或者跟住字幕去講嗰句對白，咁樣就會開心返。」

「啊，我記得你有同我講過。」

「吓，有咩？」

「可能嗰時你醉醉地。」

「又好似係喎，哈哈。」

她選擇了今晚配音的節目，是一齣在 Netflix 的動畫，可是我從未看過，她補上一句：「我配畀你聽呀。」

然後我又想起了自己的童年。小時候我們都會做一些事情去哄自己開心，Bella 會開無聲電視配音來取悅自己。

記得在中學時期有人對我說過，不要把腦內那些瘋狂和截然不同的想法說出來，而是用寫下來的方法，這樣其他人就不會聽到，就不會被人指指點點。

而我的家人也說過類似，不過他們的說法比較簡單，就是一句「閉嘴吧」，與其有這些心力思考無聊問題，倒不如努力讀書。

因此我開始寫下來，透過寫自己的想法來取悅自己，起初我感到開心，但寫著寫著我又感到迷失，因為單純寫自己的想法很無聊。

於是我開始寫一些虛假的日記，撰寫一些自欺欺人的情節，再加入自己的內心讀白，透過文字將生活不快的事情盡量抹走。

直到要面對公開試前的一段日子，我突然不想再寫，因為我覺得難過的事實在太多，謊言也不夠用，與其感到迷失，不如迫自己接受現實。

　　後來又過了一段日子，或許我真的太需要謊言來調劑那個失敗的人生，亦需要一個抒發內心的樹洞，因此我執起鍵盤，繼續將一個又一個謊言寫進自己的生活，寫進自己的所見所聞，再加上自己的想法揉合成一個詳盡的故事。

　　過後，我又感到迷失。

　　為甚麼連自己的想法都不能好好地表達？

　　想著想著我又感到不甘，因此我試著把自己的想法加一點想像和現實的所見所聞構成一個故事，抱著把那些別人不愛聽的話好好覆述一遍的心態，再在百無聊懶和 emo 的情人節夜裡，在論壇開設了一個帳戶，替自己改了一個筆名，然後連載了第一個故事，結果大受歡迎。

　　或許那些故事結局未必快樂，但至少過程已將遺憾的程度減到最低。

　　如果要強行寫一個快樂的結局，我又會覺得失真，疑幻疑真的夢境是最令人難以自拔，因為我們從那個夢裡看到希望，又或者將所謂的「希望」稱為「可能性」會更好。

　　所以許多人都深信有平行時空，因為我們需要一個可以取悅自己，又難以證明真偽的謊言。

　　再後來我又迷失自己，因為我不再為取悅自己而寫，而是為了迎合大眾口味。

　　於是我把那些自己真正想寫和瘋狂的想法，放進那個封存的檔案裡。

　　最終連大眾也將我捨棄，只能繼續在網絡中浮浮沉沉地寫著。

　　直到 Bella 令我察覺到，原來最瘋狂的事情就是做自己，這是一件看似簡單但實行很難的事情。

　　不知道是 Bella 為我所做的事情使我動容，還是她為我所做的事情令我覺得自己並不寂寞，同時亦教我看清自己，使我不再迷失。

　　我不懂其他人是如何取悅自己，至少這刻我得悉這世上有另一個人與我同樣，會將自己的不快投放到另一個世界，再在另一個世界裡憑自己的喜好進行修改。

　　說到底，有她在的時候，我不會感到寂寞，有她在的時候，她彷彿是我的路燈，我不會迷失。

　　但無可否認，她真的挺有當配音員的潛質，她扮男人聲的時候很像胖虎，扮比卡超回應我的每一句提問也扮得很像，當場惹得我大笑，我更建議她可以扮胖虎 cover 其他歌曲，然後放上 YouTube，一炮而紅的機率也會很高。

　　她不屑地跟我說：「我扮到張國榮唱歌，細細個屋企人會買張國榮嘅 VCD，我有扮過佢唱歌。」

「你都係扮胖虎唱張國榮啦。」

「我唱畀你聽。」

她無視了我的請求。

「唯願在……」

我打斷了她的意圖：「認真啲唱《最冷一天》，我鍾意聽㗎。」

「好啦，我用返正常把聲唱畀你聽。」

她唱得動聽與否，我不懂評價，只知道沒有可能超越張國榮，哈哈。

聽著她投入地唱歌，我的視線也不禁落在她身上不能移開。

這是一種迷戀前的徵兆，我知道。

但我今晚任由這份感覺放大，因為我知道自己會珍惜當下這份憶記。那怕是我的一廂情願，那怕只有我認為彌足珍貴。畢竟從未有一個人認真為我唱過一首歌，用最簡單的日常，在時代陷入最低氣溫時，在這個最冷一天，掀起內心最深處的共鳴。

「喂，你望到定晒格咁，我會好 shy 囉。」

我們都笑了，徐徐地忘記時間的流逝，沉浸在圍爐間的暖意中。直到陽光第一抹光線射進亮著暗燈的客廳，她不禁打了一個呵欠，

那些醉意和笑容卻在瞬間消散，彷彿今晚的種種猶如一場夢，夢又是時候醒來。

我帶著這份滿足感睡去，當我醒來的時候，她再度離開。

她去了哪裡？

這個問題有點突兀，畢竟一直以來我對她的去留從不過問，又害怕自己不擅辭令，惹來過分解讀。

我們就像精神上的一夜情，我倆的親近只能留在黑夜裡，天亮後又會回復正常，她繼續有她的生活，我繼續有我的路要趕。

這種「一夜情」最好，不須要負任何責任，又不須要在道德枷鎖間掙扎，裝作沒事發生更容易自欺欺人。或許她也是這般認為吧？

我知道香薰的味道又會很快變淡，最終可能只靠我將它點燃，才能把回憶中的味道留住。正是這種意猶未盡的感覺，讓未能盡興的遺憾惦念不忘，也讓人將片刻的快感放大，才能令人加倍珍惜。

可是這份糾結在看開又放不開的矛盾下，我又嘆一口氣。

我知道自己又要習慣一個人過生活，但我仍未適應過來，可以怎麼辦？

我漫無目的地滑著手機，只知道我要找些事情讓自己分散注意。

然後我看到我的公開帳戶那則仍未回覆的訊息，我覺得自己可以找這個人。

我知道自己有這個想法很不該。

其實要說在我最失意時出現的人，Bella 並非第一個。

第一個人是 Hebe。

她選擇用最沉默的陪伴，用交換心事來相濡以沫，只是我沒有多大的感覺，除了感受不到她的好意而內疚外，就沒有別的。

Bella 是用最簡單的生活，一罐啤酒、一首歌，一件看似微不足道的心事，為那個寂寞的晚上圍起爐火，令這份意猶未盡的感覺揮之不去。

在我猶豫的時候，姆指已經不禁按進去對話框，將這則訊息已讀。同時意味著我只有兩個選擇，回覆或者已讀不回。

怎麼辦？

她說，小時候我認為絕望是會撕心裂肺地慟哭，後來我明白到沉默不語才是真正的絕望。

Chapter 15
夢裡認識的人

　　Hebe 那句「你還好？」的慰問凝在我的眼眸裡，心想既然已讀了她，不如繼續已讀不回吧？

　　可是我這次掙扎了不久便宣告投降，因為我很怕這種寂寞的感覺。

　　至少在今天。

　　應該說是寂寞戰勝了我該有的理性，做出了這種類近「有事鍾無艷，無事夏迎春」的行徑。

　　但細心想想，其實能夠做到這回事也很難，這種人很幸福。雖然是自私，但我發覺自私的人確實活得比較幸福。

　　不過我又未至於需要他人跑出來陪伴我，甚至為我做任何事，我只想找個人在網絡上跟我聊天便經已足夠。

　　我是一個很容易被分散注意力的人，只要有人陪我聊天，那些失意的事情就會暫且拋諸腦後。

　　縱使只在有限的時間內，畢竟沒有人可以在失意的日子無時無刻陪伴自己，更何況像我這種素來孤僻的人，有朋友慰問已經難得，有一位無時無刻不離不棄的朋友更是奢侈。

「Okay 啦。」

不知是口頭禪還是人的本能使然，明明情況不太好仍然回覆一句「okay 啦」。

我們都彷彿擁有像駝鳥的本能反應，儘管情緒和情況有多壞，一句 okay 再把頭塞進洞內就不用接受現實，就以為騙過自己和全世界，縱使有心人一眼就會看破，但我們總繼續自欺欺人。

「使唔使傾下偈？」

「幾時？電話？」

「今晚食飯見下？我收六點，尖沙咀？定係旺角？」

Hebe 的回覆又令我感到掙扎，又是理性和寂寞的抗爭，而理性同樣不消一會便宣告戰敗。

因為我真的需要陪伴。

「我冇所謂呀。」

「咁旺角啦，近我收工。」

「今晚見。」

「終於都約到見面啦。」

　　我沒想過會在這麼倉猝間便約了 Hebe 並且就在今晚見面，感覺有點不太真實。

　　我沒料過自己會如此害怕寂寞，想著想著我又感到後悔。曾有打算還是作罷不外出，但如果不赴約，又不想一個人躲在家裡，說到尾因為昨晚 Bella 的爐圍得太暖，使我對那份被人陪伴的暖意有所依戀。

　　既然不論怎樣都會後悔，我還是硬著頭皮接受現實。

　　那種緊張的感覺，猶如一種另類的倒數，倒數著距離我們再度見面的時間。由於我和 Hebe 太久沒見，與她見面實情上與陌生人會面無異，加上內疚、期待、緊張，甚至是出於我們再度見面，卻又是狼狽不堪的自卑感。

　　種種思緒和惶惑替內心繫上一條繩結，每當我焦慮的時候，繩結就會繫得再緊一點，隨著時間一點一點地過去，繩結也隨著倒數而愈繫愈緊，緊得我喘不過氣來。

　　然後我又借著撰寫文章，寫著這種緊張的感覺來分散自己的注意力，並投入到那個屬於自己的世界裡頭，直到不禁看了時鐘一眼，才驚覺自己還未出門的話一定遲到。

　　出門前戴上口罩，我發現戴上口罩後的感覺彷彿築起了一道牆與所有人保持著一定的距離，意外地讓我感到安心，就像戴上一個自欺欺人的安全套，這樣的話我就不會被生活強姦中出。

　　我事先跟 Hebe 為自己可能遲到而說了一聲抱歉，怎料她亦跟我說因為加班而會遲到，這樣的話我們就不構成遲到吧？

我們相約在位於旺角東的老地方，抵達這個地方等待 Hebe 的時候，我不禁張望周遭，明明曾經很熟悉的這個地方，經過裝修後卻有一種陌生的感覺，甚至有一抹回不去的感觸。

　　昔日這個地方我們叫作旺角東新世紀廣場，現在經過裝修後已經易名為 Moko。

　　隨著等待的時間一分一秒地過去，我開始感到躊躇，因戴著口罩而生的安全感也漸漸退卻。

　　到底我與 Hebe 有多久沒見？我該用甚麼開場白打開話匣子？我們仍會像從前一樣無所不談，抑或變得冷場？即使沒有話題，其實都也是正常吧。

　　我的思緒被一抹漸行漸近的倩影所打斷，我不自覺屏住了呼吸，挪不開定睛的視線。

　　縱使隔著口罩，也不難看出她仍然像以前一樣這麼愛笑，那怕我竟然令她落過淚。我仍像從前一樣腦海只有一片茫白，心底裡是有興奮的感覺，但亦害怕與一個陌生的異性交談，因為我害怕自己在別人眼裡太像一個怪人，會把人嚇跑。

　　我們曾在這裡見面，看了一齣我們第一次一起觀賞的電影。

　　她在附近上班，因此我們經常相約在這裡見面。

　　我們曾在這裡交心，這裡曾是我們的避風港。

　　她曾在這裡跟我表露情意，我在這裡不知所措。

　　我曾在這裡拒絕她的愛意，令她的笑臉沾過淚水，從此我們築起了隔閡，她不再找我，我不敢找她。

　　我想忘記出於自卑而婉拒別人的愛意，那個窩囊不堪的自己，因此我再也沒有踏足過這個地方。

　　「Hi ！好耐冇見。」

　　我總覺得 Hebe 的語調很溫柔，想當初又是一抹笑容，又是打一聲招呼便已經令我的心防在瞬間傾倒。

　　「好耐冇見。」

　　看著她的笑容，所有憶想都被現實所湮沒。

　　我沒有想過再度相見的一瞬，心中的那個繩結竟然鬆綁了，才得悉過往所謂的執著只是自己緊握空拳。不是忘不掉一個人，而是放不過、瞧不起那個窩囊的自己。

　　「你點呀？搵個地方坐下？」

　　記得這座商場在裝修之前於某些樓層設有座位，可是現在我們找了很久也找不著，昔日讓我們交談交心的座位都已經被拆卸了。

　　現在只是時值晚上八時，明明應該是旺角最繁忙的時段，可是今晚的旺角有點冷清，連平日要排隊的食肆都因為沒有晚市堂食而變得冷清甚至已關門。

整個樓層就只有我和 Hebe 一直漫無目的地走著，感覺十分詭異。

　　直到我們走回戲院的樓層，那是我們唯一熟悉而且沒有多大改變的地方。

　　Hebe 打破沉默地說：「好耐都冇認真行過呢個商場。」

　　「嗯？我都係呀，但你旺角返工唔經呢邊？」

　　「返工放工都會經過，咁我喺出面個巴士站搭巴士嘛，但認認真真咁行就真係好耐都冇。」

　　Hebe 這句話後，我們又陷入沉默，因為我對過去總是避而不談，但我沒想過 Hebe 竟然說得如此從容。

　　「咁你點呀？見你今朝好似好唔 okay 咁。」

　　「都冇辦法啦，第三本書可能就係詛咒，永遠都出唔到咁。」

　　「咁本書講咩？」

　　「一個癡線佬看世界。」

　　「哈哈，一個癡線佬看一個癡線嘅世界好似幾有趣。」

　　「都冇啦，目前都 hold 起咗。」

　　「如果第三本書就係詛咒，咁直接出第四本書。」

「有啲爛……」

「你變咗，你以前都唔會 mean 人。」

自從 Bella 搬進來後，她教曉了我有些人是要用鬥嘴來交心交談的，細心回想也覺得可笑。

「又好似係，可能呢段時間學識咗 mean 人。」

不知怎的，我感覺到隔著口罩的 Hebe 堆起一抹苦笑：「可能我哋都變咗。」

「但我知道世界冇嘢唔會變。」

「我……」

她的支支吾吾令我明瞭今晚有心事的人並不單只我一人。

「有冇其他地方想去？或者想食下嘢？」

她搖了搖頭，最終我們走出商場外的行人天橋，今晚的天氣明明很侷促，可是看著這座五光十色但街道上人跡稀少的城市，又有一種說不出的悲涼。

我們沿著西洋菜街一路走著，走到登打士街的休憩處，找了個位置便坐下。

剛才看著行人的眼神間都有一種憔悴，只是下半臉被口罩遮蔽，活像這個只要東遮西擋就能當作一切如常的時代，每個人都需要一個面具。他們都知道須要將面具脫下並且接受現實，但每個人都對接受現實後的未來感到不安。

　　Hebe 打破沉默嘆道：「我冇諗過夜晚九點嘅旺角可以咁靜。」

　　「可能真係冇嘢唔會變。」

　　「因為我哋都變咗，所以先會覺得世界冇嘢唔會變。如果你唔變嘅話，你會希望嗰樣嘢係永恆不變。」

　　「可能我自己都想變，只係到最後咩都改變唔到。」

　　「點解一定要變？」

　　「因為我討厭嗰個冇膽、冇用、自卑嘅自己。」

　　Hebe 靜默了片刻，然後反問：「你真係咁諗自己？」

　　我默然地點頭，說不出任何話。說到底是我害怕說得太多只會更加認清自己的窩囊。

　　抬頭望著晚空，想起自己曾經在無數個惆悵的夜裡感到迷惘，只能從這片遼闊的晚空找個屬於自己的角落，寂寞地嘆喟物是人非。

　　「我曾經覺得自己好似得到全世界，甚至覺得真係可以改變到一啲嘢。但最後被改變嘅就只有自己，甚至自己都唔知自己變成點。」

　　明明我只不過在做一件對的事，至少目前沒有人敢說追夢創作是一件錯事，可是隨著時間日積月累，我開始疑惑這是否一件錯事，然後我漸漸分不清對錯。

　　想到這點，我無奈凝望著 Hebe，她見過這雙無可奈何的眼神無數遍，但有一次卻把她傷得最深。

　　不是她不好，不是我不喜歡，而是我不敢喜歡任何人，不想發展任何關係，因為我目前只可以兼顧自己的寫作事業，其餘的回憶都變得不太清晰。

　　原來過去的種種看似清晰，實際上只不過猶如模糊一片的相照。所謂的映像只是大概，或許這是人類的自我保護機制使然，太清楚的話，人會因為太痛而活不下去。

　　只知道我們愈談愈深入，我知道總會扯到當年未完的話題，甚至為話題寫上續集，又或是畫上一個句號。

　　「我鍾意嗰一個冇膽自卑嘅你所寫嘅故事，我欣賞你無論其他人點笑你文筆唔好，甚至話你唔似一個作家，你都仍然唔會去理一直繼續寫，唔會遷就唔會迎合他人。」

　　「咁係因為除此之外，我冇任何嘢可以做。」

　　對，我就是執著，同時比起任何人都清楚瞭解，追夢就像一台加速的火箭，只要點燃後便不能中途停下，剎停的一瞬就意味著解體，而破碎的就是那個人的意志。

　　因此，那怕兜兜轉轉，仍然會回到那個寂寞的角落。

「你估有幾多人係一邊迷惘一邊知道自己軟弱，但同時會不顧一切一直向前？」

「電影入面無所恐懼嘅勇者係假㗎，軟弱迷惘但又勇往直前至係常態。」

「唔使安慰我喎，啲人只係會讚揚電影嘅勇者，恥笑現實中所謂常態嘅人。」

Hebe 沉靜了一會，接著問道：「如果唔係講其他人，淨係講我呢？」

「我會覺得⋯⋯你係鍾意錯人。」

她認真地看著我：「莫少，我要同你講一樣嘢，係我內心最由衷嘅說話。」

「其實⋯⋯我從來都唔覺得自己鍾意錯人。我覺得你好好，因為你一啲都唔自私，仲會處處為人著想。」

「我曾經嬲過你，因為我不停諗點解你唔自私嘅？如果你係一個自私嘅人，就一定會接受我嘅主動，咁我哋就會一齊。但我另一邊又會諗，我鍾意過嘅就係一個咁樣嘅你。就算後來我搵返你，我知道你都仲係避開我，所以就算你覺得自己膽怯，我都覺得只係一個時機嘅問題。如果我喺你寫作事業得意嘅時候出現，或者你就唔會諗咁多顧忌。如果你學識自私，我再搵返你嘅時候，可能就係我哋最好嘅時機。」

Hebe 對我說的話其實沒有甚麼感人的句語，但我卻不爭氣地有一抹淚水從眼角奪眶而出。

「Sorry⋯⋯」

話音剛落，Hebe 微笑著用指尖輕輕替我彈去淚珠。

「唔需要 sorry，其實有好多所謂唔開心嘅記憶我都忘記咗，最清晰嘅就係我哋點樣認識，同埋呢一刻要為曾經未完嘅話題畫返個圓滿嘅句號。」

過去的已經過去，一切都回不去，昔日的種種只能留在腦海深處。

或許在過去的一段日子裡，所謂內疚和執著，在兩人重遇的一瞬已經化作一抹雲淡風輕的微笑。

「Thank you。」

「引用返我男朋友同我求婚嘅一句，好多人都話而家係一個流行離開嘅時代，每個人都唔擅長道別，但冇人去主張喺一個流行離開嘅時代就更應該珍惜一個人，而唔係道別。」

「求婚？」

「係呀，本來打算分開，因為大家對未來都冇共識，我仲 delete 晒 Instagram 啲相。點知隔咗一排，佢就同我直接求婚。」

「哦！原來⋯⋯」

她點了點頭：「我哋都要向住唔同嘅未來繼續追趕，雖然我知道你會覺得不安，甚至又會 emo 一段時間，但係對我嚟講，今晚就係向以前任性嘅自己講一聲再見，亦都想畫返一個句號，祝福你祝福自己。」

　　自我們漸行漸遠的一瞬開始，她的故事就已經與我的人生拆開。只知道我們都穿行在一座相同的城市，偶爾看著同一片天空，正因為只有那丁點的相連性，才讓我們惦念不忘地想像和假設，沉醉在那個猶如平行時空的夢境內。

　　直到某天，她活活走到自己面前，或者在網絡上讓所有人見證她的幸福，到了那個時候我才真正醒來，知道自己在她的故事裡已經變成一位觀眾。

　　那一個瞬間，我鼓起遲了很多年的勇氣，用一個擁抱取代今晚該說的道別，補完未曾將她擁過入懷中的遺憾，換來她的一句感謝已經不枉。

　　與其說是遺憾，倒不如說是惋惜。

　　因為每一段過去都猶如一場夢，現在回想那場夢曾經也很美。

　　可是我們只是夢裡認識的人，醒來就互不相干。

　　那場夢的後遺，會成為一杯酒後那腦海掠過的一抹片段。

　　最痛不是知曉自己失去了，而是知道自己差點擁有過。

　　而我又一次在不知怎樣面對和掙扎如何應對之間，眼巴巴地將一個人推到別處。

　　某程度上，我真的有改變過嗎？

　　就在那一刻，我知道自己一直以來都很努力想令自己活得好，這樣的話就不用再自卑。明明只是勉強生存著，可是只要抱著這個想法，縱使只能漫無目的地追趕著一些虛無縹緲的夢想，便已經有足夠的動力。

　　但走得久了後，每當停下來的時候，我都會疑問到底是為了甚麼？

　　看著 Hebe 的背影，我又重新回想一次我們昔日的相識相知到現在的道別，才發覺男女關係就是一個回想起來毫無邏輯，情節串連起來又有點牽強的故事。

　　那是我最後一次見 Hebe，因為過了不久她便與男朋友成婚，然後與另一半離開這座城市到外國生活，一年後她宣佈懷孕，開展自己未來新的一頁。

　　很老套的結局，但這樣的結局偏偏又是常態。

　　那次的擁抱和道別，彷彿意味著把我過去的所有劃上句號。

　　但告別過後，我又會擁有甚麼？想著想著我又感到不安，因為未來這回事充斥著一切未知，就像相信這世界有鬼魂自然就會相信有神，但我們還是會害怕鬼魂的存在。

我相信未來的未知裡一定有快樂，但快樂以外的悲傷我又能否承受得起？

連續兩日受到生活、事業、感情的接連打擊，不安的感覺猶如在一座危樓上不停晃動，直到危樓傾倒的一瞬才會停下。

我估計自己承受不住，至少今晚是一個須要買醉的夜，讓我好好梳理自己的思緒。

然後我又會疑問，喝酒真的有用嗎？還是需要有人陪著喝酒才有用？

我疑惑酒精的成效，但它的確是我今晚想到開解自己的唯一辦法。

正當我走到便利店門外的時候，才想起家裡的雪櫃有啤酒。昨晚 Bella 買了很多，況且便利店的啤酒也不便宜。

慶幸我在關鍵時刻懸崖勒馬，否則連銀包也會受到衝擊。

當我回到家裡的瞬間，竟有一抹熟悉的身影懶洋洋地攤在梳化。

「Surprise ？」

其實我沒想過每當面臨沮喪，Bella 總會時機剛好地出現，闖進我的生活，為我點燃一瞬的爐火，讓我取一刻的溫暖，不允許我將自己關進那座名為後悔的牢獄。

縱使我知道那是一份偶然，畢竟她不能讀取心聲。

　　可是這一份偶然卻不只一次的時候，總令我不得不信這是命運
的使然。

　　她說，在網絡流行的世代裡，我們總會與很多人不知不覺間見
過最後一面，用擦身而過或者一個已讀來向陌生的彼此告別。

Chapter 16

朝夕相對（上）

「嘩，你點解喺度嘅？你唔係返『娘家』咩？」

我怎麼會用娘家這個形容詞？

「我今日返公司拎返部電腦呀，之後我個部門要 work from home 嘛。仲好講喎，返到嚟又唔知你去咗邊！」

話音剛落，Bella 伸了一個懶腰。那件連身的白色睡衣明明是普通款式，但她穿起來真的很搶眼，總要我不停分散注意力，否則情況就會變得尷尬。

「咁神奇？平時你喺呢度只會當 staycation，跟住就會返你『娘家』。」

「見你呢排咁唔開心嘛，咁我可以做下你嘅幸運女神，陪住你燈住你等你 lucky 啲。」

儘管 Bella 在我沮喪的時候出現，讓我感動不已，但根據我所認識的 Bella，目前她交代的理由，令我察覺到當中事有蹊蹺。

「我想聽真嗰句……」

她報以一抹牽強的微笑，彷彿被我一眼看破箇中的隱情：「我好姐妹男朋友嘅屋企人中咗。」

　　這時「中咗」和「咳」這兩個關聯詞已足以令人不期然警覺起來。

　　「係?」

　　「咁佢哋前幾日食過飯,所以佢驚傳染畀我,佢哋就自己喺屋企自我隔離。」

　　我說得對吧?果然沒有猜錯。

　　「咁你唔驚你係密切接觸者而傳染畀我?」

　　「咁我哋都係喺呢個空間,有咩事大家互相有個照應嘛,同埋你都唔出街喋啦。」

　　聽到這裡,我心裡疑問了不下十遍,這到底是甚麼鬼理由?

　　即是她的著眼點是我不會出街傳播病毒,而非她會傳染給我害我生病。

　　「吓?」

　　「唔歡迎我呀?咁我走囉。」

　　「咁又唔好,我都唔想你走。」

　　「真係?」

我知道自己又心軟了，同時將心聲脫口而出。畢竟她就是如此神經大條，想法和行事作風總令人「驚喜」連連，但與此同時我又想起一些令我深感不妙的事情。

　　「咪住……你話你要 work from home ？」

　　「係呀。」

　　「即係你返工時間要喺屋企做嘢？」

　　「當然啦，唔通我去 M 記開住部電腦 work from home 咩？」

　　聽到這裡，我突然又有一種不祥的預感。

　　因為只要有 Bella 在，就總會出現各種不穩定因素，例如我的房門、門框、門鎖被爆，還有用雪糕溝啤酒害得我肚痾了兩日等。

　　或者，我該感激她在剛好的時機出現，並且為我帶來其他衝擊，中和了一個多小時前的惆悵。

　　畢竟我深信要讓一件壞事情看起來不太壞的方法，就是有另一件更糟糕的事情發生。

　　沒錯，Bella 搬回來了，明明她不在的日子我很想念這個人，並且不慣她不在的日子，但她以密切接觸者的身份搬回來並且 work from home，我又對此感到不安。

　　生活就是悲喜交集，猶如與一位美女接吻，親著親著她卻咬傷自己的舌頭；又例如「口交」這兩個字是代表一件令人很舒服的事，但放在一起成為「咬」就會令人很痛苦。

　　人類真是犯賤，但總括而言我是快樂的，只是這種快樂起初會很苦心，過後才會覺得哭笑不得。

　　「係喎，你正話去咗邊？」

　　Bella 竟然反客為主把這個話題扯開，使我忙著招架她的提問。

　　「正話約咗個 friend。」

　　「我想聽真嗰句喎……」

　　頂，居然被她識破再反咬一口。

　　於是我將自己約見 Hebe 的經過和一個輕輕擁抱作結娓娓道來，正當我將故事說得投入的瞬間，Bella 吃著薯片的聲音劃破回憶該有的唏噓，她一邊吃著薯片一邊看著我的眼神是一種觀看動物奇觀的感覺，讓整件事變得十分違和。

　　「喂，其實點解次次你望住我講嘢或者做嘢就一定要食零食？」

　　「唔知點解次次望住你認真做嘢講嘢就忍唔住想食零食。」

　　話音剛落，她再放了一塊薯片入口中。

「唔知點解成件事被你講到好差呀小姐，但係包薯片點嚟同喺邊度拎？」

她一臉疑惑地說：「你張梳化下面有個夾層，我將自己成日會食嘅零食放晒喺入面，你唔知喋？」

「吓？有啲咁嘅事？張梳化有呢個『密室』但我係唔知？」

Bella 不禁白了我一眼：「你大把嘢都唔知啦，本來你個 Hebe 想搵返你，點知你又避開佢，避到佢畀人捷足先登。」

「嗱，兩個鐘前我先 sad 完，你係咪咁先？」

「唔係喎，其實你都唔係冇朋友呀？你應該都會有讀者慰問你呀？」

「或者同樣係關心，但嗰種關心係有距離。正如你好姐妹安慰你，同你做嘢嘅同事安慰你係兩回事。」

她不屑地看了我一眼：「你專登講做嘢嘅同事，而家知咩事啦，互相傷害啦係咪？」

「唉，冇心機同你互相傷害，沖涼返房寫文。」

「唔好唔開心，沖完涼請你飲杯嘢？我親自泡製！」

「啤牛？咁樣仲唔係互相傷害？唔使啦唔該。」

「哦，你而家傷害我。」

「沖涼先。」

無可否認，Bella 搬回來這件事令我感到快樂，她在家的日子裡，我會覺得有點實在的感覺，是難以言喻又不知怎的。

簡單來說，就像我們兩個活在這座城市的人相濡以沫，許多事情都不由得我們掌握，只能在充滿無力感的日子裡努力增加一點重量。

雖然 Bella 在家工作的日常，無疑令生活的重量有點過重。

頭一日我抱著戰戰兢兢的心情來與她相處，她在客廳工作，我在臥房工作，而這一天是安然度過，因此讓我稍為放下戒心，結果令我明白到做人要時刻警覺居安思危。

我說出這句話，是因為我的手提電腦在工作時突然上不到網，於是我走出客廳詢問 Bella 有否同樣情況，她卻一臉抱歉地拿著 router 其中一條斷了的天線。

在這天以前，我沒想過有人覺得上網速度很慢與天線的角度有關，她認為將三條天線擰向自己，電腦就會接收得好一點⋯⋯

天呀，那不是電視呀！我沒想過用了幾年的 router 會這樣而退役。

這個年代沒有 wifi 比起沒有 wife 更為糟糕，至少沒有 wife 的話，仍會有 wifi 提供的網絡以解漫漫長夜的寂寞。

那是 Bella 當下安慰我時說的笑話，但我真的笑不出來，因為當下的我不論 wifi 和 wife 都一律欠奉。

我把這個經歷寫了一篇散文更新到 Instagram，沒想到她第一個讚好，並且一邊笑著讀一邊不滿我取笑她。

那天晚上，我們到銅鑼灣買一個新的 router。至於為甚麼是銅鑼灣？我已經沒有再深究，反正是 Bella 提議的，有些事情知道得太多會很累，始終哭笑不得是一件會令人當下很累的事情，儘管過後也是一笑置之。

我們在銅鑼灣買完東西後，她提議到灣仔找個地方吃飯，因為她很想逛一會囍帖街那邊，因此我又決定捨命陪君子。

對我而言，能夠解決 wifi 的問題已經心滿意足。

我們走到灣仔政府合署的天橋附近，今晚這裡很冷清，應該說整個灣仔都彌漫著隱隱的蕭條。

自某一刻開始，我覺得這座城市正步向衰退，只是一直以來都被鎂光燈包裝得亮麗，而對鎂光燈以外的黑暗和破落，很多人則視而不見甚至從不察覺，直到它發出惡臭才令其他人驚醒並且變得不知所措。

或許是我的心情使然吧？

遙想著沒有書展的灣仔會展，看著沒有人山人海排隊入場的灣仔天橋，猶如掀起自己瘡疤，然後用指甲輕輕一刮，感覺到痛楚，再記起自己是怎樣受傷。

有人的記憶會隨時間而散失，但不幸的是我的回憶不會完全散失，但又不算記得一清二楚。

Bella 察覺到我稍有異樣又機靈地猜想到與書展有關：「唔開心？因為書展？」

「點都會有啲㗎啦。」

「我哋行下書局囉？」

「唔啦。」

「咁咪當畀時間自己，同畀機會出版社幫你執過個封面設計，其實真係唔靚。」

我不禁苦笑：「咁應該要點設計？」

「你可以學阿邊個（不便開名）或者阿邊個（不便開名）搵個真人影張封面，反正你個故咁寫實。」

我從沒想過她會留意其他作者的書籍封面。

「一個癲線佬幻想自己有個女朋友再睇呢個世界嘅故喎，我真係搵個癲線佬影？」

「冇人叫你自拍呀，你可以搵個靚女影㗎嘛！咁成件事咪仲合理？」

「點解合理呢？」

「通常啲人見到一個唔太靚仔嘅男仔拖住一個靚女，內心第一時間都會問真唔真呀？」

「咁我可以搵邊個影？」

「最多我幫你影？Okay？」

「你都幾有自信！我開始唔驚自己本書寫得唔好賣唔去，而係因為個封面賣唔去。」

她批踭撞了我一下：「咁會有執圖㗎嘛。」

「咁我都知，見你 WhatsApp icon 都有 P 圖。」

「我嗰啲唔係叫執，只係用咗濾鏡，冇用瘦面嗰啲㗎！」

「即係化妝同喬妝嘅分別，而家明啦。」

她不屑地瞪了我一眼，但這個不太好笑的笑話的確緩和了我那沉重的思緒。

或者真的可行？我不知道。因為我發覺自己漸漸不太了解這個時代、這座城市，還有這座城市的人，他們在想甚麼？他們喜歡甚麼？

畢竟在這個口罩和酒精才是最珍貴值錢的時代，一切我都看不太透。

　　一邊想著一邊反方向走到囍帖街，可是我的思緒仍然停留在沒有書展的灣仔會展。

　　囍帖街這裡雖然燈火通明，但人跡杳然，除了馬路上的車聲和紅綠燈的聲音以外，靜得令我疑惑。

　　到底是我的心情使然？抑或真有其事？

　　Bella 打量著囍帖街喃喃地嘆道：「我細個其實住過呢度一段好短時間，當然係未重建之前，我都好耐冇嚟過。」

　　「嗯？重建後咁多年都冇嚟過？」

　　「冇呀，我婆婆以前住呢度。同婆婆喺度住嘅時光，係我童年過得最開心嘅，雖然好短暫。佢過身冇幾耐呢度就話重建啦，計返日子嘅話，好似呢幾日係佢死忌。」

　　Bella 沿著這條新的囍帖街找尋著往日童年居住的那幢唐樓的位置，然後走到大概的位置便指給我看：「就係呢度啦。」

　　話音剛落，我清晰地聽到 Bella 倒抽了一口涼氣。

　　或許昔日快樂的回憶跑到現在，對我們而言就會變成一抹嘆喟，一刻共鳴的憂愁。

　　當這份憂愁被過度渲染，舊地重遊就變得不宜久留，因此我們在灣仔逗留了一會便回家。

在回去的路途上，我們都陷進各自的回憶。她對童年短暫的快樂依依不捨，我為曾經差點擁有過的種種頓感唏噓。

我知道回憶並不會使人落淚，而是當回憶裡的快樂遇上現在的難過時，淚水就是兩者相遇的化學作用。

我發覺要捉緊一件事一個人看似很容易，但實情上到最後才發覺自己握著空拳，遺下的就是一抹內心不甘的吶喊。

如果要將人生每段經歷當作一個故事的話，起初我會誤以為自己是故事的主角，但實情上到結局只會成為一位窺看自己回憶的觀眾。

「不如你講下嘢。」

Bella 這一句話打斷了我們的沉默，我的視線停留在巴士車窗外的風景，由於坐近車窗的是她，因此我看的風景也被她搶佔了四分一的位置。

「邊有咁多話題講呀，望下風景咪算，呢個亦都係我成日揀搭巴士嘅其中一個原因。」

「唔係呀，我覺得你其實都幾多嘢講。」

「我個人其實好靜，係對住你先靜唔到咋。」

「咁都幾好呀！其實我好怕靜……因為我細細個嘅時候，成日畀屋企人困喺衣櫃，有時候係我做錯事，有時候係佢哋心情唔好，嗰種靜嘅感覺會令我好不安，所以只要一靜就會諗起呢種感覺。」

　　Bella 所說的這句話讓我稍為在意起來，這樣就可以解釋為甚麼她總會在家裡發出聲響，不論是電視或者音樂。

　　「即係正話咁靜你好不安？」

　　「係呀。」

　　我到現在才看到 Bella 的拳頭緊緊握著。

　　我開始相信每個看似簡單神經大條的人，其實內心比起任何人都更為複雜和敏感。

　　看到往日神經大條的 Bella 在沒有喝酒的情況變得如此敏感，這是我第一次遇見的情況，害得我當下的腦海只是一片紊亂，甚麼話也說不出來。

　　那一刻，我很想她快樂，就像她每次都剛好在我沮喪的時候出現，為我點起溫暖的爐火。

　　同時間，我覺得自己在這方面比 Bella 遜色，至少在這個關頭下我居然只有不知所措。

　　霎時間，我的本能意識伸出左手，輕輕拍了她的手背一下，我從沒想過她緊握的拳頭在瞬間就鬆開，而我的手心就這樣搭著她的手背，我不知怎的沒有挪開的打算，只見她亦沒有撥開我的舉動，視線定格在我們的手心和手背交疊的情景。

　　只知道她平靜下來，但我不敢瞧她當下的模樣，因為我害怕映入眼簾的是她一臉嫌棄的表情。

當下的腦海除了一片紊亂之外，無藥可救的是我不由自主地熟悉她手背的質感。

　　正當我逐步剖開自己腦袋裡那堆紊亂的想法，努力地釐清這份冷靜與迷失間的角力時……

　　「啊！我唔記得咗同你講。」

　　她說出這句話的時候，我們終於找到機會把交疊的手鬆開，猶如讓一時意亂情迷下作出了的決定有一個下台階。

　　「嗯？」

　　「我哋好似搭錯車。」

　　「正話好似係你話搭呢架，仲一嘢捉咗我上車。」

　　「我而家先記得係唔經我哋屋企，但去到我好姐妹屋企！樂觀咁諗，彩虹同九龍灣都唔算遠，我哋可以行到返去。」

　　「……」

　　沒錯，我的確做錯了。

　　最錯的就是上車前沒有查閱巴士的應用程式，反而相信一位……我現在不知如何形容的人，只知道我現在的心情又繼續哭笑不得，而在哭笑不得的其間，我們確實把剛才的事情拋諸腦後。

　　我應該要慶幸我們搭錯車，否則會換來難以化解的尷尬場面。

在這個生活充滿無力感和疑惑的時代，一切都顯得不太真實，彷彿這座城市失去了重力，每個人都在這裡浮浮沉沉，每個人都有想過脫離這座城市。我不知自己何去何從，甚至不知現在的自己是在雖生猶死的臨界點。

我應該慶幸命運讓她在每次時機恰當時都出現在我身邊，她就像來告知我一切都是真實，我仍然活著，仍然會感受到溫暖，依然懂得微笑。

儘管下一秒她會有新的惡作劇使我忘記了這一秒的感激，又不知道她內心的想法，但至少這一秒我確實感謝生活中出現了這個人。

她說，我們不知道當下的喜劇會否是下一秒的悲劇，只知道我們不想本來的一齣喜劇到結尾會變成悲劇。

Chapter 17
朝夕相對（下）

　　巴士中那意亂情迷的一幕被搭錯車這回事所終結。而過後我對那件事絕口不提，Bella 看似若無其事，反正我們都會將尷尬的事情放到內心最深處，任由它隨時間變得疑幻疑真。

　　這一年的書展和動漫節都取消了。

　　本來是旅遊旺季的八月變成了 staycation 的季節，許多商場和旺區並不再像從前般熱鬧。網絡上的熱門詞彙變成「移民」和「防疫」，不再是「旅遊」和「XX 好去處」，猶如約定俗成的事情真的一點一點地改變，而這種改變是隨處可見。

　　這份改變以及 Bella 出現在我的生活中，讓我瞭解到時間確實一分一秒地流逝。

　　以前我會覺得時間這回事是虛無縹緲，別人的一天有二十四小時，而我的每天都是重複，這種日復日的重複性令我認為時間並沒有流動過，所謂的時間只不過是指秒和秒針的轉動。

　　直到 Bella 出現後，我對時間重新定義，曾經等待她回家的日子是日復日的，時間流逝得比較慢，而她在家的日子是一分一秒的，每分每秒都很珍貴，因為全都是轉眼即瞬。

　　那怕是房門被弄壞，那怕是一杯啤牛，甚至是 router 的天線被她扭斷，種種生活細節的衝擊都讓我的生活不至於重複。

可是面對著這份生活不再重複的衝擊，我卻漸漸感到不安。

因為我知道時間每分每秒都在倒數，縱使今天很快樂，可是明天仍然會來臨，這份快樂又會變成回憶，靜待某個時刻在腦海中劃過。

有時候我會反問自己是否太過悲觀。

每當我看到 Bella 的時候就會明白，我不是太過悲觀，而是我不由自主地拒絕樂觀，因為我由始至終對世界就有一股莫名的不安。

因此做自己就是一件比起做愛更瘋狂的事，我的生性就是拒絕樂觀，就是瘋狂得自己也要接受自己的瘋狂。

至於有沒有比起做自己更瘋狂的事？我可以說與 Bella 同居絕對比起做自己更瘋狂。

事關這個女人的一切都不能用邏輯作推論……

正確來說，這個女人就是瘋狂的代表。

「係喎，七月過咗啦喎。」

「咁……所以而家咪八月。」

「唔係呀，我意思係原來過咗你個生日。」

「係呀，有咩問題？」

「你冇慶祝過生日？」

「搬咗出嚟幾乎年年都冇㗎啦。」

「咁咪好慘囉？自己一個過生日，過咗個生日都好似過咗一個普通得唔再普通嘅日子咁。」

「畀你講講下，我突然覺得自己有啲慘。」

話音剛落，只見她從廚房走出來，並且津津有味地吃著手中那杯乳酪，再看我一眼說道：「我覺得一個人過真係好慘呀。」

「可唔可以搵一次唔好食住嘢再望住我？你令我開始覺得自己應該要搵條竹去咬下。」

她不禁笑道：「但熊貓生日有人會幫佢慶祝。」

「而家你即係挖苦我？」

「唔係呀，我係提你我就快生日咋。」

「即係你用我自己嘅慘去提醒我唔准唔記得你生日？」

「咁又唔係，只係提你我唔想變到咁慘。」

「……」

那個瞬間，我無言以對地看著她，因為她對我所說的每一句都是「精挑細選」的。

這就是我們朝夕相對的日常。

沒辦法，誰叫這段日子裡商場很早便關門，食肆沒有堂食，外賣平台在這段日子間興起，人們漸漸習慣日常待在家裡，只有假日才偶爾到商場或者超級市場購買一些補給品，就連一些喜慶節日都在家裡弄個小聚會便作罷。

但得益於宅在家裡，Bella 又 work from home 工作，我可以察覺到平日她許多不為人知的一面。

她睡醒會有些小脾氣，只是吃完早餐後就會回復正常。

她很愛吃零食，但原來她是史上最強的中伏專員。

有一次我們貪平日晚上的鬧市比較清靜，於是就到尖沙咀的 Donki 購買了一些日用品和零食。

天真的我相信了她的眼光，至少我覺得一位貪吃零食的人，眼光應該不太差。

結果當晚回家試吃的時候，我驚覺自己中伏，而 Bella 只有一臉尷尬地說：「唔好搵我試新嘢，其實我係中伏專員。」

「我以為你成日買零食塞滿梳化個『密室』，揀親一定實冇死啦。」

她不服氣地說道：「你唔見我買親嚟嚟去去都係嗰啲咩？你觀察力唔夠咋嘛，怪我咯。」

「唔係喎，有時會見你買新嘢！」

「咁會有時忍唔住貪新鮮。」

「即係你中伏唔出聲？跟住為咗轉移視線就食緊時搵我傾偈或者望住我？」

「尊重啦，你咁聰明寫推理小說啦。」

沒錯，她是很典型的獅子座女孩，很愛面子從不服輸，更不可以挑剔她的錯處，並且有時很霸道。

至於為甚麼我會用獅子座去解釋她的行為？

因為相處得久了，我發現她很喜歡用這句話作打完場：「獅子座嘅女人係咁㗎啦。」

但她並不是沒有任何可取之處，每逢我的 Instagram 帳戶有更新的時候，她幾乎都是第一個讚好，並且她是我見過第一個讀著我的文章會笑的人。

至少我沒想過有人讀著這些癡線佬自白也會微笑。

正因為這份微笑，令我不知不覺間有一種動力，不再像以前漫無目的地寫作。

很老套的目標吧？

　　可是作為網絡的文字創作者，很難看到別人怎樣看待自己的文章。

　　畢竟在網絡上，討厭自己文章的人只會窩囊地暗暗負評，喜歡自己文章的人也比較含蓄。

　　孤單的感覺很容易令我愈寫愈迷惘，而她帶來的生活衝擊附帶了重量，將孤單壓碎，把我從失去重力的人生拉回現實，慢慢地這份重量變成了一份安穩。

　　我們在迷茫的生活間相遇，在這個艱難的時代裡相濡以沫，也在每個需要圍爐的夜裡，透過一罐啤酒交換最真實的想法。

　　「你以前試過點樣拒絕女仔？」

　　「我拒絕女仔嘅好意通常唔係因為我唔喜歡，而係因為我窮，窮到連基本約會嘅錢都冇。」

　　「總會有例外嘅，唔會因為你窮而離棄你。」

　　「但到我知道邊個唔會因為我窮而離棄我嘅時候，佢已經係一個我錯過咗嘅人。」

　　「咁都好過我……佢直頭走咗佬，甚至我連自己愛過嘅係咪呢個人都唔知，因為我對佢真係一無所知。」

　　「我聽過一個講法，自私嘅人先係最容易得到人愛，因為佢哋從來都唔介意接受人哋對自己嘅好。」

我覺得自己很奇怪。明明我是一個很保護自己的人，保護自己應該是一種愛自己而且自私的行徑，但我卻時常會拒絕別人的愛意甚至好意，因為我怕虧欠對方，最怕自己還不起，亦沒有能力去回應別人的好。

　　那麼我到底是在保護自己？還是我害怕傷害別人？

　　「你試過點樣拒絕男仔？」

　　「哈哈，我話第日如果佢結婚，我要做佢花童。」

　　「⋯⋯」

　　這個已經不是請人食檸檬。

　　別人一心邀請她充當未來女主角，她卻偏偏走去當花童，這個藉口明顯是 fail，比主動做伴娘更尷尬。

　　可是這也很符合 Bella 的人設，縱使這個人的想法、言談舉止很跳脫，但我又覺得她很真實，比起我以前所見過的女孩更為真實，就像我們都將彼此的面具不經意地卸下，將對方寫進自己的生活。

　　我們以前度過每個圍爐的夜裡後，在天亮時會繼續追趕各自的生活，但到現在即使是天亮，我知道她仍會在這裡，彷彿那個爐火不會再熄滅。

　　我覺得任何關係只要打破那個親近的時限，他們就會是一對。

可是我未曾想過我和 Bella 的關係，因為我們已經冠上同屋主的名銜，但正因為過於真實走得太近，已經僭越了情侶關係的部分。

突然間，我又想起巴士上我們短暫的觸碰，但嚴格來說是我碰到她，而我們一直都裝作這件事沒發生過。

到底現在的她是裝作忘記？還是她根本不當一回事？

這件事情裡有 bug，但細心想想，生活不就是一個充滿 bug 的故事嗎？

於是我又找些事情寫一下，接著又將這番思考拋諸腦後。

我知道有些關係不是不能釐清，而是不可釐得太清。

因為釐得太清，兩個人知道自己該站的位置後，就會出現進退兩難的想法，而在這個思考其間會保持距離，這樣的話又會建起兩個人之間隔閡。

猶如一場幸福的夢，只要不從夢中醒來，我們便不會知道自己置身在夢境。

沒錯，要快樂就只能這樣。

想著想著，我將這篇文章又更新到 Instagram，然後 Bella 又是第一個讚好。

看著她的微笑，我又再次思考我們的關係，想起在巴士短暫的觸碰，接著又繼續找些事情寫一下分散注意力，陷進了無止境的循環。

直到我不自覺地看到電腦顯示的日期和時間，想起她兩天後生日，又想起她不想被人忘記自己的生日。

然後，我又再思考該替她慶祝？抑或她已經有一班朋友準備好與她慶祝？這樣的話，我的心思會否有點多餘？

唉，這又是一種苦惱，是一種庸人自擾，是我該死的個性使然。

最終我還是按捺不住透過 WhatsApp 問她，但明明她就在客廳。

「你兩日後生日？你想點樣慶祝？」

未幾，她又跑到我的臥房門口，輕輕推開那道仍未維修的房門，吃著雪糕答道：「你點解唔直接問我？我正想講聽晚唔返嚟瞓呀，我班姐妹話 staycation 同我慶祝。」

「咁正日呢？」

「正日未知呀。」

「有約？」

「可能有呀。」

聽到這裡，我不知怎的內心一沉，彷彿又被她衝擊了。

「咁好啦。」

「你呢?嗰日有咩做。」

「我冇嘢做呀,返工同寫嘢。」

明明她有約是人之常情,更何況我們其實是毫無關係,但聽到有人能夠佔有她的正日生日,我的內心卻有一股隱隱的騷動,但又難以言述。

她說,走得愈近愈看不清,彷彿這是我們本來的身體設定,也延伸至所有關係之中。

Chapter 18
都是習慣的錯

打從 Bella 輕輕帶過生日有約這回事後，我的內心彷彿刮起了一陣微風，是在難過和惆悵間徘徊的騷動，就這樣過了一個睡不好的晚上。

翌日，Bella 跟一眾姐妹 staycation，因此夜晚不回家。

或許在她離家出門的時候我正在寫作，但實情上對我而言只是漫無目的敲打鍵盤而已。

整版文檔全都是亂打一通的文章，間接不停寫著自己睡得不好的昨晚，還有當下凌亂的想法，兩者結合為一篇又一篇的癡線佬自白。

讓那個封存的檔案增多一兩篇沒有意義的文章，其實純粹是浪費花錢購買的儲存空間而已。

但是在分散注意力過後，我沒想過接下來的思緒竟會如此難以拿捏。

每當我的焦點落在那個空蕩蕩和寂靜的客廳裡，內心那股隱隱的騷動又再來侵襲，並且開始引導我想得更多……

Bella 今晚會到酒店 staycation，但明天呢？有誰在悉心為她慶祝？有誰值得令她讓出正日生日？而那個誰會否跟她 staycation？

當下我開始愈想愈遠，我與這個人朝夕相對，可是卻毫不察覺她與別人正在發展一段新的關係，到底是我太過失敗？抑或是她太過厲害？

我怎麼滿腦子全都是這個人？

我發現我不但滿腦子都是她，而是整間屋子都有著被她佔領過的足跡，以至我的腦海和認知都習慣有這個人的存在，生活習慣都漸漸被她同化。

我現在覺得客廳的電視應該要開著，而且不能太過寧靜，因為寧靜得太久會變成一種冷清，我也會有一種不安的感覺。

想著想著我把電視開著，播放那個 24 小時的新聞台，讓主播的聲音在這個靜得令人有點耳鳴的客廳內迴盪。

甚至是我現在坐著思考的梳化，梳化裡的那個隱密的「密室」都被她佔領了。

我認真嗅著空氣彌漫著香薰蠟燭的餘香，不禁打了一個噴嚏後，內心開始害怕這陣味道會再淡下來，也擔心某天過後連這座香薰蠟燭和她的生活足跡也會離開這個避風港。

我實在難以停止思考這件事，因此決定走回自己的臥房，在那個仍未被她佔領的空間裡分散自己的注意力，多寫幾篇文章，多浪費幾 mb 的儲存空間。

可是當我看著那道被 Bella 的神力摧毀並且損毀情況日益嚴重的房門……

我知道她已經無處不在。

明明對一個人心動是一件很正常不過的事情，但為何我會想得這麼恐怖？

我開始迷惘，這份感覺是來自心底的悸動，還是一種習慣惹來的錯覺？

現在充斥在腦海裡的不安，是因為害怕孤單，還是害怕關係的轉變？

因為我瞭解那怕是單向的喜歡，對一段關係來說也是致命。就像感覺變了，一些細微的舉動就會在日常毫不察覺的情況下稍有不同，縱使自己努力地自控，但對方仍會感受得到。

當對方感受到後，她也會因應心中的感覺而調節這段關係的距離，不管走近或走遠，但這段關係已經會轉變。

說到底我害怕轉變，現在的我對未來這回事就只有不安。

想起以前的自己，說愛就愛，說喜歡就喜歡，對於未來和夢想是一片藍天白雲。

可是我真的回不去了。

現在的我帶著這份不安對 Bella 衍生了一種不知是喜歡、心動還是習慣的感覺。

　　我們像情人又像朋友，但實際上我們不是認識很久又沒甚麼名份，可是我們卻住在一起。

　　整件事都有 bug，但漸漸我發覺這個世界的 bug 是無處不在，那怕打開電視，那怕在這座城市閒逛一圈。

　　因此我接受了現實，同時為抵抗在客廳的寂寞而喝了幾罐啤酒。

　　時間剛好十二點的時候，在「失敗者俱樂部」的群組中，我準時對 Bella 說了一聲：「生日快樂，我記得㗎，所以你一啲都唔慘。」

　　我到底在裝甚麼有趣、從容和嘴硬？

　　那一刻，我有過一絲希望我會是第一個跟她說生日快樂的人。

　　可是我知道現實不太可能，網絡怎快也不夠其他人親口對她說的祝福。

　　時間一點一點地過去，我只可接受這個現實，因為她沒有回覆也沒有已讀，未幾我就這樣瑟縮在梳化睡去……

　　直到天亮的一刻，我才緩緩地從梳化上醒來。我好像做了一場夢，但夢中的細節已然模糊，只記得夢境的真實程度令我懷疑，就像經歷了許多事情後，拖著疲累的身軀瑟縮在梳化睡去，接著便醒來。

　　這種猶如莊周夢蝶的事情也令我思考了幾分鐘後，才繼續是日的工作。

說實話，這份網絡編輯的工作有點不太真實，每日幾乎如是的工作，弄一些圖片，撰寫一篇又一篇的文章然後更新到社交平台，回覆社交平台上的留言和訊息。起初我會覺得吃力，但熟能生巧後卻對覺得這份工作太過重複。

　　雖然我在上班，但大部分時間都是在家工作，就連公司的地址也差點忘了，可是我每個月確實領著微薄的薪水，這種隨時間愈來愈失真的感覺，讓我認清到自己的奴性是多麼的可悲。

　　突然一則 WhatsApp 的訊息劃破我的思緒，直覺讓我知道是Bella 回覆我的生日祝福。

　　「非常好，記得我生日。」

　　「咁你今晚都唔返嚟瞓？」

　　「唔知呢。」

　　我發現當一個人思緒變得敏感的時候，任何一句話都可以構成衝擊。

　　「咁好啦，我今晚出去行下。」

　　我不知道自己為何會說上這句話，大概我真的有這個念頭吧？

　　「你今晚要出去？不如留喺屋企啦，出面爆得咁犀利。」

　　「我又唔係防疫 L。」

「總之我今晚可能會返嚟，你幫我開門啦，我冇帶鎖匙呀。」

「屋企度門係電子鎖嚟㗎！」

「我唔記得密碼，太耐冇出過去。」

「8345*。」

「總之你幫我開門啦，就係咁。」

這個女人有點不可理喻，古古怪怪的。

嗯？明明我可以不作理會，怎麼突然變得如此聽話？更要命的是，我一邊思索這個女人的不可理喻，一邊百無聊賴地待在家裡看Netflix，像極等老婆回家的老公，而那個老公的頭有點發光，是一束令男人心寒的綠光。

想著想著我也不禁抖顫了一下，但我又有何恐懼？畢竟我連恐懼的資格也沒有。

就在我對於腦袋整天的紊亂感到懊惱不已之際，門鈴響起了。

我知道是 Bella，但她不是有電子鎖的密碼嗎？怎麼會按門鈴？

我疑惑地應門，眼前的一個蛋糕吸引著我的視線，Bella 端著這個蛋糕亮在我面前，而蛋糕的生日牌老套地寫上：「Bella、莫少生日快樂。」

「Surprise？見你生日冇人同你過咁慘，用我正日幫你補祝返呀。」

當我看到生日牌上的字時，我不禁笑了出來，眼前的一切簡直難以置信。

在開門前的那刻，我沒想過自己的生日在別人心裡是值得被重視的。

嚴格來說，隨著年紀漸長，對於慶祝生日或者別人記得自己生日這回事都覺得愈來愈珍貴，正因為太過珍貴，所以我漸漸沒有期望，不會強求有任何慶祝活動，甚至對有人記得自己生日並且在正日說聲生日快樂已經是奢求。

可能要記住的事情實在太多，對比之下，自己出世的這天實在太微不足道，會忘掉也實屬正常。而且我更會覺得沒有甚麼值得高興，強行說聲快樂根本是自欺欺人，畢竟我已很久沒有一種慶幸自己出世的感覺。

也許，我一直覺得來到這個世界，我該要對自己說聲抱歉。

因此我對於希望這回事很害怕，畢竟每一次失望都是因為曾經滿懷希望；而對於未來這回事會感到不安，是因為未來仍未來，一切都是未知的；對於快樂這回事，我則會抑壓下來，因為我害怕樂極會生悲。

我害怕看不見未來而不敢愛人，我害怕自己太窮而愛不起人，我害怕……

　　因為害怕，慢慢地我會閹割種種的情緒使其麻木，諷刺地好像只有悲傷和恐懼會被放大。

　　對於不懂捉緊未來的人，連片刻的感動也是沉重，但正是這份沉重，卻矛盾地讓我的生活有回重量。

　　沒錯，我很清楚 Bella 就是這份令我苦惱過的沉重，我曾經用過不同的角度去排解我們的親近，說到底是我害怕自己會喜歡上這個人。

　　直到面對眼前 Bella 端著蛋糕向我說聲生日快樂……我有一種感覺。

　　但到目前為止，我仍然不敢面對。

　　我就是這般無可救藥。

　　我仍然在抑壓自己的快樂，因為……都是習慣的錯。

　　Bella 把那個蛋糕捧到客廳內，放在那張可摺合的茶几上，笑盈盈地跟我說：「我同你講樣嘢，你可唔可以唔好嬲？」

　　「嗯？」

　　「我個好姐妹同佢男朋友喺附近拎緊 pizza，轉頭會上嚟。」

　　「嗯？」

「唔准 say no 呀，今日話晒係我正日生日，佢哋年年都會同我慶祝。」

「唔係⋯⋯只係唔慣啫，好耐冇人同我慶祝過生日。」

那一刻，我的視線凝望著眼前的蛋糕，那是一個普通款式的芒果蛋糕，也是我童年時候每逢生日都會吃到的。

今天的 Bella 穿得很美，是那條簡單有袖的黑色開叉裙，至少在我童年的時候，沒有美女為我捧著蛋糕說過生日快樂。

「你鍾意芒果蛋糕？」

「係呀，我細細個生日好難得先會食到！所以之後我年年都會買一個呢啲蛋糕。」

「多謝。」

這一句道謝，背後是一股被我繼續抑壓著的感動，而我知道埋在心底裡的種種情緒，正在等待山泥傾瀉的某天。

或許，是今天吧？

想著想著，她遞上一個紙袋和一張款式簡單的生日卡給我。

「你可以睇咗份禮物先，睇下你鍾唔鍾意？」

我滿懷好奇心將禮物的包裝拆開，映入眼簾的⋯⋯是香薰蠟燭。

「……」

更要命的是與她臥房那個同款，方才的感動頓時化為哭笑不得。

我笑著問道：「小姐，呢個係咩玩法？」

「咩呀，你估我唔知呀？我唔喺度嘅時候你成日入我間房點香薰蠟燭。」

嘩，這個女人很可怕？她怎麼知道的？

「我邊有成日呀，一次半次咋嘛。」

「嗱，仲唔係你？你勁冇手尾囉，點完個蠟燭又唔吸返個蓋！搞到佢走晒啲味。」

「對唔住囉。」

「以後罰你擺返個入你間房。」

我沒想過剛才的感動，結果會變成這刻的打鬧。

「係……」

「但話時話，明明你敏感，但你又會點香薰蠟燭嘅？」

「我驚你返嚟嘅時候冇咗陣味唔慣。」

這個藉口也能被我想出，終於找到一次是沒愧對自己寫作的身份。

「係咩？」

她報以詭異的笑意，看了我一眼。

我見狀趕忙打開那張生日卡，緩和目前這個即將陷入尷尬的話題。

「生日快樂，願你憧憬的未來會如約而至，願你第三本書可以順利出版，如果出唔到就直接出第四本！哈哈。」

讀著這張生日卡，那是我收過最好的禮物。

那是用錢買不到的，卻令我紊亂的思緒頓消。

看到「未來」這個詞語的瞬間，我卻有另一種想法。

我不知道自己的未來會怎樣，只知道我很想再捉緊一次。

我不知道這種想法從哪裡冒出，或許每個對未來感到不安的人，他們內裡其實都很想將未來捉緊一次。

我的視線從那張生日卡移到 Bella 身上，只見她傻呼呼地看著我微笑。

我很想試著捉緊一次，有眼前這個人的未來。

　　突然門鈴卻響起了，門鈴讓我們相遇，也讓我感動過，可是它這一次在錯的時機響起了。

　　我們二人共處的空間要暫告一段落。

　　她說，一見鍾情的喜歡是一種狂風驟雨，過後有多喜歡就視乎捉得緊多少雨點。日久生情的喜歡是一場山泥傾瀉，任何心防都能在瞬間被摧毀。

Chapter 19
願你憧憬的未來會如約而至（上）

在這個大約三百呎的空間，從未正式舉辦過任何一種派對，彷彿這裡曾經真的為隱居而設。

我未曾想過，昔日這個上門追債的女生會為我補祝生日。

我未曾想過，昔日覺得我是長期病患者的 Bella 好友，會帶上她的男朋友為我補祝生日。

我未曾想過，這間大約三百呎的單位，四個人聚在客廳的時候，感覺會有點擁擠。

或許正因為未曾想過，所以才會有這種覺得有趣的感覺。

我已經忘了對上一次生日派對是何時。

我已經忘了一班人圍在一塊聊天的感覺是怎樣。

我已經忘了與一班認識的人喝酒的感覺是怎樣。

我們一邊吃薄餅一邊喝著白酒和香檳，話題隨酒精的攝取量愈來愈多，她的好姐妹提問我們相處的日常，而 Bella 鬧著玩地警告我小心說話，否則我就要變獨居老人。

　　不過談得最多、笑得最多的就只有在場的兩位女士，而我和友人的男朋友都是陪襯。

　　我閉嘴不說太多，她的好姐妹卻爆出昔日 Bella 的笑話。我們把酒斟了一杯又一杯，幾乎將能喝的酒都一邊失笑一邊倒進肚子裡。

　　我沒想過 Bella 讀書時期的感情是多麼可憐，有一次她主動追求，對象卻誤以為是惡作劇，結果無疾而終。再有一次主動追求，換來前任的嫉妒，前任和自己的追求對象竟然不打不相識，不知怎的成為好朋友，從此幸福美滿地生活下去。

　　聽過她們曾經的年少輕狂，再唱過生日歌後，Bella 許了一個願望。

　　那一刻，我十分好奇，她所許的願望到底是甚麼？她所許的願望會否與我有關？

　　在切蛋糕的一瞬，她的好姐妹溫馨提示不要一切到底，否則將來會嫁不出。

　　接著，我才得悉她的好姐妹將會與男朋友結婚，婚後打算離開香港，順應著這個剛開始的移民潮。

　　說著說著，Bella 竟然哭了，然後在場所有人都取笑她的眼淺，結果哭著哭著，她又不禁失笑。

　　大概，最簡單的快樂就是這般胡鬧，而我更沒有想過會在這個胡鬧的氣氛下，被邀請參加結婚派對。

即是要做人情嗎？啊，這疑慮又是一個因為窮困養成的壞習慣。

我欣然接受邀請後，又再繼續喝酒聊天。

把她們帶來的酒都喝盡後，大家帶著醉意打著呵欠把這個派對結束，Bella 更鬧著玩地提議好姐妹與其情人留宿一宵，待酒醒的時候又可以繼續談天。

怎料，她的好姐妹執意回家，並且向我笑著說了一句：「睇住佢啦，唔阻你哋啦。」

在派對完結，變回我和 Bella 共處的空間後，整間屋立刻靜了下來。

Bella 也醉得攤在梳化看著天花板發愣，於是我帶著醉意執拾一下眼前有點凌亂的客廳，洗了一個澡後才回過神來。

走出浴室的瞬間，Bella 繼續攤在梳化嚷道：「唔鍾意而家咁靜，幫我播啲歌，或者開電視都好呀。」

我一邊答好，一邊打開電視播放收藏在 YouTube 的精選 playlist，對她說：「你沖個涼先啦。」

她沒有多大的反應，但她用蹣跚的步履到臥房拿了一套睡衣再走到浴室的那段路程，卻是我見過她喝醉幾次中最可愛的一次。

就在她到浴室洗澡的時候，歌曲加上殘餘的醉意，令我覺得這是寫文的好時光。

　　雖然第三本書的計劃又變得不明朗，但我仍然繼續寫文和在網絡連載，經過上一個連載的良好反應後，這個連載比起上一個卻差了一點。

　　可是我沒有沮喪的感覺，或許我對網絡連載的想法從一而終都只有一直寫下去，因為不好好寫的話，我就再沒有別的方法追逐那個遙遠的夢想，再沒有別的方法與人分享腦海那點瘋狂的想法。

　　畢竟日常的那份工作，為了生活已經非寫一堆迎合大眾的文章不可。

　　在自己的臥房裡敲著鍵盤，思緒和靈感都難得地清醒，我今晚想寫一個充滿矛盾但那個矛盾其實因人而異的故事，我今晚想寫一個胖子變型男的故事。

　　啊，網絡上好像都有人寫過了。

　　我還是寫一個屬於莫少的故事吧。就寫一個被人騙財後還要收留那個人的前任的故事吧。

　　我在寫……

　　當絕望變成日常後，生活就像齒輪無意義地轉動，時鐘的轉動也只是提示時間仍在流逝而已。

　　就在我寫完這句後，我的本能反應回眸一看，又見 Bella 站在臥房門口吃著珍寶珠，並且向我問道：「你又寫文啦？」

　　「難道你又中伏啦？」

她嘖有煩言的說：「講到好了解我咁。」

我打趣地答道：「今晚了解多咗嘅，例如……」

「得啦得啦，諗返都好尷尬！啊，點解會界你知道咗讀書時期啲柒嘢？」

「我決定寫埋落去嗰個封存嘅檔案度。」

她不禁白了我一眼：「咁你自己繼續寫文，我繼續去梳化攤下聽歌。」

她說罷遞上遺漏在客廳的生日卡給我，語氣稍有不屑：「好心珍惜我親手寫嘅生日卡啦，你係第二個收過咋。」

我的視線落到那張生日卡半秒，看到那句「願你憧憬的未來會如約而至」，再度令我很想試著捉緊一次，有眼前這個人的未來。

「我會珍惜。」

「唔覺囉。」

我幾乎用盡畢生勇氣，站起來但並非接過那張生日卡，而是捉緊她拿著生日卡的手肘。

「我想直接珍惜寫呢張卡畀我嘅嗰個人。」

把這句話說出後，我不敢想像如果被她拒絕後，我們的氣氛會變得有多尷尬，但如果她的態度是模棱兩可的話，又會是另一種糟

糕的情況。

一切的猜想和擔憂，就在她的微笑下破除。

我們透過殘餘的幾分淺醉，藉此拋去理性和真實，排解一直以來的寂寞和生理需要。

也忘了是她主動投進我的懷中，還是我將她擁入懷中，只知道我們在臥房裡擁了一會。

可是那個擁抱並不能滿足，我們都想得到更多，我們看著對方的臉龐，視線移不開她柔軟的嘴唇超過半秒，她合上雙眼輕輕用鼻尖擦了我的鼻尖一下。

而這一刻的觸感，讓我止不住內心的迷漫。

於是很快由唇邊的試探，再到舌尖的糾纏，我們放肆地吻起來。

她把我推到電腦椅上坐著，她從上而下的吻著我，隨著她呼吸的節奏愈來愈重，我也無意識地把她推倒在床上，繼續放肆地吻。

我想捉緊有她的未來，而未來包括這刻的下一秒、再一秒，接下來每一秒所發生的事情。

但我們連是否在一起等老派情話也未說，便已經按捺不住纏綿起來。

到底現在的糾纏是 just for fun ？還是用行動表達已經是情侶？

或許，這要留到事後才能分解。

畢竟我們都已經是成年人，已經是成年人這個答案足夠應付任何荒唐、僭越的行徑。

只知道我們享受著當下，亦享受著由這一秒開始直到天亮時分前的每一刻，那個都是未來的一部分。

與此同時，我們的手也不安分起來，我沒想過她會主動伸進我的褲頭裡輕撫著，而我也不遑多讓，一手伸進她灰色長睡裙內那已濕透的內褲外圍輕揉，令她的下身不期然地抖動了一下。

我知道她很想要，因為她也很主動，同時很享受我每一下的撩撥，更毫不避諱地呻吟著。

她輕輕將我推開，然後趁我感到莫名之際，她打算騎上來。

但我沒有就範的打算，反而將她的裙子掀起，我終於看得更多，看得更多她像牛奶般嫩滑的雪白肌膚，當我想再看多些之際，她卻在我完全沒有心理準備時就脫去自己的內褲，再一手解開裙內的胸圍。

她稍為用力地拉著我的衣領，我們繼續在床上肆意地吻了。

「你想我哋咩關係？」

我們一邊吻著，她喘著氣地問。

「你想拍拖？」

她搖搖頭：「我未敢肯定，但唔會想一夜情或者 SP。」

「我都唔會想同你係一夜情或者 SP。」

接著，我們再沒有說話，最終我還是屈服在她的攻勢下，成功被她騎著。

被她俯視著的瞬間，腦海立即閃過一道想法。

現在她所穿的灰色長睡裙裡面，已經是甚麼都沒有，長裙內是一個赤裸裸的 Bella。

我看到她那雙嫵媚的眼神，彷彿在示意餘下的就交由我脫掉。

這抹眼神過後，脫掉的不單只是她的長裙，還斷掉我的理性和思考，種種內心戲也暫停播映。

客廳所播放的樂曲與臥房內的歡愉配樂，為這間屋奏出一闋交響樂。

我沒想過，我們會這麼隨便就做了愛，並且沒想過 Bella 是一位懂得享受性愛的女孩。

晚空隨著時間流逝漸漸變藍，我徐徐地醒來，惺忪地打量那頂著一頭亂髮在我床上睡去的 Bella，她的肚子應該還沾著一點我的精液。

我自然地親了她的額角一下，可是我沒想過這個細微的舉動讓我又有了感覺，我不禁輕撫著 Bella 的身體，令她緩緩地醒來，讓我倆再度跌入朦朧的境界，彷彿有一把無形的利刃將我們的理性切斷。

　　我們在意亂情迷間，探討不同的體位。

　　陽光照亮整間臥房的一瞬，我們沒有因此從那場震撼的夢中醒來，而是繼續在床上毫不保留地沉淪在對方給予的觸感。

　　她不介意替我深深地口交，但我也要學習如何讓她舒服，並且被她調教了一兩遍。

　　一位二十多歲的女孩，性愛的技巧能夠如此高超，除因為她享受外也應該是經驗使然吧？

　　那是我猜測的，可是我覺得追溯這個問題的答案有點無謂。

　　更何況，我的腦袋根本沒有空間思考……

　　啊！

　　大家懂的。

　　她說，為甚麼男女關係會隨著年紀和時代而愈來愈多樣化？或許是因為大家都害怕一段單純地喜歡和愛的關係。

Chapter 19.5
願你憧憬的未來會如約而至（下）

「你切蛋糕嘅時候許咗個咩願望？」

我們光著身子聊天，Bella 依偎在我的懷內，我舞弄著她的長髮。

我覺得目前的一切很不真實，可是我享受這種狀態。

「講出口就唔靈啦。」

「個願望有冇我份？」

「可以話有，可以話冇啦。」

「即係？」

「咁你呢？」

「個蛋糕得你切，我冇切蛋糕喎。」

「咁就當個願望我幫你許埋啦。」

「但我唔知個願望係咩喎。」

「咁得唔得吖？我有送到生日禮物畀你。」

「我鍾意張卡多啲。」

「我就係講緊張卡，但我份生日禮物呢？」

「而家畀你得唔得？」

「哄得我開心咪當係利息囉，但份禮物都係要後補。」

我們透過最赤裸的對話，讓話題擦出火花，然後做愛，做完愛後繼續聊天、繼續做愛。

我們透過這種不停做愛和對話交流彼此最真實的感情世界。

我迷上了那個在日常生活與我打罵的她。

我迷上了那個在床上主動並且嫵媚的她。

我迷上了那個在床上與我交流自己最真實一面的她。

我迷上了那個可愛但脆弱的她。

無可否認，Bella 的拍拖經驗比我更豐富，年少也曾輕狂過，這在床上的配合度就可以看出。

但我卻喜歡她的坦白，不像我曾見過或聽說過的女生，她們總將最尷尬的事收起並一直偽裝著，直到不能偽裝後，要不撕破臉，要不指責對象不夠器量。

　　至少她的感情世界仍像受保護不被開發的世外桃源，對感情敢愛敢恨，討厭擺放心理角力，只願做一個最真實的自己去愛一個最真實的對方。

　　因為現實已經有太多謊言和包裝。

　　我知道像她這種長得不錯又對感情直率的女生，很容易被騙。

　　因此必須用纖細的手法去對待她的脆弱，畢竟我知道她的心靈深處滿是傷疤。

　　我們互相「療傷」了一整個早晨，在梳洗完穿上衣服後回復我們的日常，她要開電腦上班，而我要繼續管理工作上的社交平台。

　　她在客廳裡苦惱地處理公司的電郵，我則厭惡地撰寫著那些沒有營養可言的文章，而我們為的就是那份月薪而已。

　　我埋首工作，但思想卻飄盪到了別的太空。

　　明明我們在一個多小時前，仍在我右手邊的那張床任由多巴胺帶我們欲仙欲死，可是一個多小時後，我們卻已各自埋頭苦幹地工作，這件事太現實，彷彿做愛這回事全是出於我的幻想。

　　我輕輕撫摸了床單一下，摸到床單被沾濕的一片才令我釋疑，我們在擁吻糾纏間見證月沉日升是真有其事。

　　同時我亦知道待會須要更換床單。

　　可是做愛過後，變回若無其事的日常，卻令我又陷入疑惑。

這片令我迷戀過的世外桃源，難道會是假象嗎？

我趁著中午走到客廳，只見她從容地伸過懶腰，電視由YouTube 轉為播放著新聞台。

不經意地聽到一單又一單的新聞，今天有多少人染疫、晚市能否恢復如常等。

這些曾幾何時荒謬的事，全都變成了日常，讓我覺得自己的故事怎寫也不夠真實，因為我寫得不夠荒謬，也不夠現實的情節天馬行空。

「我突然覺得而家聽新聞好似聽故仔咁，日日都有好多難以置信嘅嘢。」

「就好似我哋……」

她聽到後不作回應。

「其實你會唔會想一齊？」

我知道這樣探問會有點突兀，可是我真的想弄個明白。

她愣了愣，向我報以一抹苦笑：「你咁樣問咗出口就冇得返轉頭，你肯定要問？」

「你驚返唔到轉頭，所以你扮冇事發生？」

「咁大家都係成年人，有啲嘢唔問扮冇發生過咪當你情我願囉。我知有啲男人驚好似好衰咁，硬係要扮負返個責任，過幾日咪故意冷淡啲，等個女人知難而退，但你唔須要咁做，我明㗎喎。」

我走到 Bella 面前，並且蹲下身子，只是我沒想過她的雙眼變得通紅，令我頓時變得不知所措。

「我認真咁問。」

「你仲有一次機會可以諗清楚。」

「諗咗。」

話音剛落，只見有一抹淚珠滑過她的臉頰。

「我好誠實答你，上一段感情我放低咗，但我仲未收拾好自己，至少我每個月仲還緊錢，生活仲係好落泊，好在我個好朋友幫咗我好多好多。但你都唔會想要一個咁無助嘅我？」

「咁有一樣嘢我哋好夾，我哋都好落泊都好無助。」

她笑了一下：「咁如果我想認真考慮，你會唔會畀少少時間我？因為我好驚而家呢一切會變。」

正如村上春樹在《挪威的森林》一書中寫過：「哪會有人喜歡孤獨，只不過不想失望罷了。」

那一刻，我明白她的想法。

「即係你會搬返去你朋友度？」

我沒想過她會向我撒嬌：「你做錯嘢嘅話，我就會。」

她嘴角的弧度，輕輕撫過我的臉頰，讓這段未被確認的情侶關係，至少掀開了一層迷霧，允許我走到她的身旁。

這天過後，關於這段未被確認的關係，我有了一個讓自己明白的說法。

我們的生活已經離不開對方，至少每晚我會做飯，她負責吃。

我們之間像情侶猶像家人，至少她在床上會叫我 oppa。

因為疫情的關係，我們甚少外出，兩人的活動範圍大多是家裡，所以我們幾乎隔天就會做愛。

我們對性愛這回事都有一定的渴求，而她又是十分主動，會爭取滿足自己。

除了……某天她突然咳嗽大作和發燒，由於害怕自己染疫會傳染給我，因此她立即將自己關進房內，更無時無刻戴上口罩。

沒錯，Bella 看似染疫了。但那時候沒有快速測試，感冒也會死人，更何況新冠肺炎？因此我打算將她送往醫院，怎料卻被她一口拒絕。

因為 Bella 很討厭醫院，她的婆婆就是到醫院看一下醫生，接著再沒有回來。

　　那時候的我只好無奈地敲門，希望她就算不到醫院，也嘗試吃一下感冒藥。

　　雖然藥石亂投這回事絕不應效法，但我只能想到這樣，同時更盼望她可能只是感冒。

　　那是我第一次害怕會因為死亡而失去自己喜歡的人，很傻對吧？

　　她叫我把藥放在房門外的地氈後，要趕緊回到自己的臥房並把門緊緊關上。

　　可是我沒有這樣做，而且我的房門早已爛掉不能關上。

　　當時的我不知自己在想甚麼，只知道我想給她一個擁抱。

　　就在她打開房門的瞬間，我衝上前將她擁入懷中，她每次用力推開我，我就擁得她更緊。

　　「返唔到轉頭啦。」

　　「你係咪傻㗎？咳咳……」

　　「你知我道房門係閂唔到㗎啦。」

　　「聽講中咗會有後遺症，會有腦霧。」

　　「哦，我成日都有。」

「有人話會性無能㗎。」

「我仲有對手去滿足你。」

「咳咳⋯⋯」

　　我照顧了她一整晚，由煲粥到默默陪伴，再說笑話逗她笑，只是我沒想過翌日奇蹟便出現，Bella 竟然退燒了。

　　當然我知道那不是奇蹟，只是一場虛驚。

　　估計她只是患上普通感冒而已，誰叫我們幾天前在浴室戲水玩得太開心，只怪是儲水式熱水爐的錯。

　　以為時值八月，把熱水沖完後，繼續淋著冷水也無礙，只是我們忘記家中開了冷氣，再加上未抹乾身子便繼續在客廳做愛。

　　這一場小虛驚，讓我們的情感升溫。

　　她的出現，讓我察覺到時間一分一秒地流動，有時更會覺得時間一閃即瞬。我倆共處的時光，彷彿一天二十四小時也完全不夠，甚至覺得一天並沒有二十四小時那麼多。

　　無可否認，由慶祝生日的那天起，一切都變得很美，久違地感受到幸福的滋味，生活雖然簡單，但過得猶像優游的水草，雖然偶爾會被漣漪甚至生活少不免的波瀾所侵擾。

　　那就是當中的美中不足。我在情場稍為得意，但其餘一切都繼續浮浮沉沉。出版社繼續沉默，第三本書的出版仍然維持暫緩的狀

態，網絡連載繼續沒有突破，社交平台的讚好量每況愈下，漸漸回落到當年低谷的水平。

友人也慰問過我的情況，他同樣地吐著苦水，要不說社交平台的演算法又轉了，只好改變經營方法，要不說今年出版的書縱使賣得不錯，但用數字來看也是下滑。

我沒想過在這個地方當一位文字創作者，不單要兼顧創作以外的事情，還要留意網絡演算法等超出寫作範圍以外的事情。

當然那是選擇的問題，可以不作理會。代價只不過是自己的社交平台變成網絡孤島而已。

這點對於有出書，並依靠寫作維生的作家是致命的。

他問過我，有沒有想過多元發展？

我反問，我連出書這一項發展也卡關，我還可以怎樣？

「有冇興趣寫啲廣告文案同埋一啲細劇本？」

「不如試下都好呀。」

從旁的 Bella 搭上一句話。

「真係？我唔知自己得唔得。」

「有時候試下又唔使死，而且我覺得做得太耐同一件事，個感覺會麻木，咪當喺其他工作中拎靈感囉。」

「你又有道理喎。」

於是我答允了，但我沒有抱任何希望，就像買六合彩的人。

他們不是抱著希望去買六合彩，而是買一個奇蹟。

面對希望和奇蹟，我從不期待過，因為我覺得太虛無縹緲，這是我的壞習慣使然。

我繼續思考，卻不知思考甚麼，只知道自己一味在思考。

想著想著，我打算看電視分散一下注意力，結果又是一單又一單令人疲累、無力的新聞。打開手機的社交平台，只見大部分的帖文都是討論應否移民等問題。

這一切加起來令我感到有點生理和心理的窒息，教我不禁倒抽一口涼氣，而一直依偎在旁好奇地看著手機的 Bella 問了一句：「其實……你會唔會好似其他人咁，有諗過離開呢個地方？」

或許這個話題我從未想過，因此答不上話來。而 Bella 也見話題稍為沉重，於是到廚房拿了兩罐啤酒，我接過其中一罐後便往嘴裡送。

我想起曾經有人對我說，這是一個流行離開的時代，每個人都爭相討論如何道別，可是沒有人覺得比起道別更加要學會珍惜。

我覺得所有感情關係都不該被地域和時差所限，可是縱使感情素來很好，只要走得夠遠，難免都會被時差這回事所抵消。

因為我們不再穿行在相同的城市，不再看著那個同樣的天空，不再面對有共鳴的社會問題，相同的只有思念吧？

「就算呢座城市帶嚟嘅無力感強到好似失去重力咁，我都冇呢個想法，但可能係因為我犯賤。」

她笑了笑：「我好欣賞你啲比喻。」

「多謝。」

「咁你欣賞我啲咩？」

果不其然，女人就是一種很懂捉準時機去考驗男人的生物。

「我好欣賞你唱歌，不如你唱界我聽？」

沒錯，只要她唱歌的話，就不會再問我別的問題。

「想我收聲？唔唱。」

她竟然洞悉我的意圖！

「唱啦。」

「咁你答咗我先，你真名叫咩名？」

「嘩！」

「驚呀？點知你將來會唔會對我唔住？起碼知你真人都起到你底呀。」

「嘩！」

「你唔講就……唔准掂我半年！」

「你忍到？」

「咁一個星期。」

「咁我忍到呀。」

「妖。」

我覺得自己是一位看似堅守自己的原則立場，但在 Bella 面前卻屢屢退讓的一個男人。

沒錯，我已經是男人，至少今早已經是。

我認自己是一位很該死的男人，為了自己床上的幸福，最終在她耳邊說出自己的真名，惹得她哄堂大笑。

不過，我不會在此公開，因為我沒有打算碰其他人，而且我討厭自己的想法從未改變。

在我說出自己的真名後，她遵守約定隨心哼唱起《外面的世界》，哼著哼著便唱了出來……

　　我發現自己迷上了她的歌聲，很磁性，那是帶有質感的渾厚嗓音，顫音哼出了深處的共鳴。

　　或許外面的世界很精彩也很無奈，可是有她在的地方，我知道就會有溫暖的爐火，也讓我會思考稍為遠的未來。

　　我們或會組織一個真正的家庭，領養一隻貓，接著便溫馨幸福地過下去。

　　這是當下在腦海間掠過一刻的畫面，而在她好姐妹的結婚派對上，我又萌生起這個想法。

　　這個結婚派對很簡單，或許是因為疫情緣故，但我又覺得這種簡單就是幸福，至少不用設計一個舞台，當自己的婚禮是一場演出。

　　雖然這個婚禮仍然有些既定的流程，但算是一種恰到好處的儀式感。

　　婚禮上播放的樂曲來來去去都是那幾首，以前我沒有感覺，覺得就是一首普通的樂曲，更不明白為甚麼有人聽著聽著就會感動得哭了。

　　可是聽著《卡農》的時候，Bella 卻感動得雙眼通紅，她一邊流淚一邊說：「結婚之後佢就要走啦，好唔想佢走呀。」

　　「仲有我嘛。」

　　我未想過，她會主動捉緊我的手。

這是我們第一次在公開場合親暱。

這一個近乎認可的舉動，令我想像到彼此的未來，也加深了我內心的憧憬。

在她身上，我完全感覺到未來或許真的會如約而至。

因為婚禮過後的兩天，出版社突然致電給我，說書本確定會在來年 1 月上架，對於出版計劃的拖延深感抱歉。

而早前隨口答允友人的事情，我沒想過會成真，但竟真的有兩個劇本想找我寫，有兩單 freelance 的廣告文案讓我接下，並且有一個計劃正在籌備中。如果成功的話，至少讓本地的作家能夠多一個渠道涉獵新的領域。

我將這個消息告知 Bella 後，她自豪地說了一句：「證明我係你嘅幸運星。」

「……」

「咁出完第三本書之後，你仲有咩打算？你以前應該都有諗過？」

我不禁嘆了一口氣，看著天花板道出自己的狂想：「嘩，好多喇。其實我曾經有諗過出完第三本書之後做編劇，不過要睇下有冇機會。我又諗過搞一個引導人睇書嘅 YouTube 頻道，只要多啲人睇本地作者嘅書，個市場自然會變大，咁我就會多咗人買書，哈哈。」

「好有生意頭腦喎。」

「仲有⋯⋯我希望到自己老嘅時候，我仲寫緊嘢，仲有人睇我寫嘅嘢，最緊要就係想法立場貫徹始終，好似倪匡咁呢。」

「咁⋯⋯最低限度仲有我睇呀？最多我秒 like 你啲 post。」

話音剛落，她把我那些不得志的沮喪、煩惱，全都淹沒在她的懷抱內。

我很喜歡那個讀著我的文字時會微笑的她。

我很喜歡那個總能秒讚的她。

有她在，或許我憧憬過的未來真的會一點一點地如願。

我相信。

她說，追逐夢想就是向厄運迎戰，夢想成真就是將厄運打敗。

Chapter 20
甚麼都給這巨輪沒收

十月初秋的涼風吹起，意味著我倆的緣分即將走了一圈。

出版社的那通電話為我打了一支強心針，又令我明白到許多事情太執著往往會有反效果，「認真就輸了」才是正確的平常心。

因此我抱著刷存在感的心態更新了一個網絡連載，沒想過又會受到歡迎。

雖然看不透喜歡的人到底是甚麼想法？但我又喜歡這種猶如抽扭蛋的隨機感。

倘若這次出版的計劃又因為別的事情而押後，我就會像一個被希望和失望屢次把弄又不懂提防、無可救藥的平凡人。

歸功於網絡連載的效果，本應走向孤島般的社交平台再度熱鬧起來，它又像奇蹟般的復活起來。可是最令我感到驚奇的，莫過於 Bella 總在第一時間按下讚好。尤其是每當我更新帖文，她再按讚的時機，每一次都掌握得恰到好處。

「你正職其實係唔係銀行啲社交平台嘅小編？有人留言鬧間銀行嘅時候，你就要第一時間 delete 咗佢？」

「嗯？你唔知 Instagram 有得撳通知㗎咩？」

「佢個通知廢嘅，同埋都唔係第一時間通知你，有 delay ！」

「咁我就真係唔知喎。」

「不如你教我，我覺得呢件事好神奇。」

「我真係唔知喎，你一出 post，佢個提示就會彈出嚟。」

「係咪喫？」

「XXX，你唔信我⋯⋯」

「嘩，甘雅瑩你突然嗌人全名嘅。」

「你唔信我，哼。」

「我都唔係咁嘅意思。」

「咁你認錯先。」

「對唔住。」

　　我不知怎的毫不反抗地認錯，而她在我認錯後不消一秒便展露出勝利者的笑容。

　　或許這是我心甘情願，畢竟在 Bella 看似傻呼呼的面具下，內裡都是敏感和脆弱，很容易被感動，也很容易被弄哭，但這些敏感和脆弱也包含她的倔強。

例如，她的好友即將離開到異國展開新的生活，她想著想著就擁著我哭了。

　　她覺得一個地方的熟悉是建基於有多少朋友在這個地方。這一年來走了許多朋友，起初也不以為然，直到她們一個又一個的離開，一次又一次地送機，最終才驚覺在這座城市內，只餘這一位好友。

　　她頓時覺得這個地方很陌生，熟悉的一點一點地剝落。

　　那晚，我花了許多心思去哄她，可是她繼續難過，最終我只能默默陪伴才能稍為撫平她的心情。

　　那晚，她播了許多悲傷的樂曲，我試過提出陪她到超級市場閒逛，或者到海邊蹓步聽歌，好讓分散注意力，可是這些全都被她拒絕。她只願捲縮在梳化上，一邊落淚一邊聽著歌曲。

　　這時我第一遍萌起一種想法，就是一直以來所謂的默契，只是她願意作出配合。

　　這是我第一遍覺得，她很容易感動，但到某些時刻要哄這位女孩其實很難，只能放任她平靜下來。

　　她傷心了一整晚，我亦陪伴了一整晚，翌日又變回那個若無其事的她，就像昨晚的另一個她只是我的錯覺。

　　由於疫情的關係，我們甚少外出。不過我們不是為了防疫，而是走到街上也無處可去。

　　商場的店舖很早便關門，不過夜晚街上的人流確實是減少了很多，逛得比較舒服，而 Bella 也很喜歡在晚上突然提出逛一下街，她很喜歡逛超級市場，畢竟她是一位中伏專員。而我的職責就是減低她中伏的次數，勸勉她不要浪費金錢，久而久之逛超級市場也成了我們散步的一部分。

　　隨心地牽著手走在街道，隨心地給予一個擁抱，唯一天公不造美的就是戴著口罩接吻不太方便。

　　縱使有時候會情不自禁地口罩碰口罩，但細心想想這件事就只有當局者覺得浪漫，旁觀者覺得可笑。

　　她對我說，這種生活以前就像一場夢，她一直憧憬著，但沒想過現在真的實現。

　　而美中不足的，是那場夢本應是發生在她熟悉的城市，這座城市有她認識的朋友。

　　快樂未能盡興的感覺，或許這座城市的人都懂吧。

　　縱使快樂並不完美，但我很喜歡目前這種生活，有一種難以言喻的簡單卻快樂的感覺。

　　如果可以我會希望這種生活一輩子都不變。

　　可是命運使然，沒有事情是不變。而對於這座城市來說，變化更是常態，不願變的人是變態。

「喂，X 生？我哋係 XX 置業打嚟，因為業主要放售你哋而家個單位，目前已經有新買家接手，但唯一嘅問題就係新買家唔打算 2 月續租啦。佢希望 1 月頭收返間屋，咁我都同佢傾過，咁急要人搬係一件好難處理嘅事，所以佢都讓一步 12 月個租佢唔收，按金會 1 月頭畀返你……」

這句話過後，我只有聽到一陣噪音，思想像一根打了死結的線，思緒被瞬間掏空。

每接一通改變我目前生活的電話，我都會出現這種耳鳴。

沒錯，一切的美夢，又被一通電話所輾過，而這通電話喚醒了彼此的夢。

整個人霎時間驚醒，再打量自己周邊，我才知道這個家也是夢境的一部分，而夢該要醒來的前夕，我知道我將要離開此處。

諷刺地我又希望剛才的電話只不過是一場惡夢。

可是幸福的夢才是夢，惡夢往往都在現實中發生。

最清晰的一句話，就是原來的業主要賣樓移民，新業主接手後不再續租。

那通電話過後，我的內心有一股難以言喻的騷動，彷彿又要面臨生活上重大的改變。

這座城市、這個時代總把我們殺得一個措手不及。

我不知所措地將這個不幸消息告知 Bella 後，她只是擱下一句話：「可能冇嘢係唔變。」

「咁可能只係一種小改變，搵地方搬都係一樣？」

她嘆了一口氣：「你唔明呀。」

「我有咩唔明？」

「我發覺喺呢個地方要維持一樣嘢超過一年真係好難，我好边呀。」

語末，她堆起了一抹苦笑。這個笑容似曾相識，就在她剛搬來不久我們第一次喝酒談心時看過。

與此同時，我也開始思考自己和 Bella 日後的去向，會繼續一起同居？還是各走各路？

那一刻，我意識到其實我們能夠親近，大多歸功於我們同居。

那是一個很殘酷的現實，但如果不能同居的話，我們就像活在不同平行線上的人，幾乎不會交錯。

那一晚，我們陷入了一種膠著的狀態，或許我們都須要好好地整理內心的思緒。

她將自己關在臥房裡，而我就待在客廳，任由電視播放的新聞滑過我的腦海，不停告訴著我一切都是真實的。

最令我不停在腦海間重播的，就是她說要在這個地方維持一件事一段關係超過一年真的很難。

也許，她真的累了。

可能對於她來說，目前只是迴避那個狼狽不堪的自己，任由傷口結疤，卻從未處理過自己的傷勢。

或許，我們也是在這裡避世，但迴避的並不是世界，而是那個需要重整和休養的自己。

與其說避世，其實要用放逐才對吧？

我走回自己的臥房，在封存的檔案內寫了一篇又一篇的文章，也將自己的內心剖開，將那個沒用又真實的自己寫進連載中，最終我的腦袋被透支，伏在電腦桌上睡去……

起初我以為自己會徹夜無眠，怎料竟會這樣累得睡去。

翌日早晨，Bella 一邊吃著早餐一邊看著電視，有意無意地再問起了一道問題。

「你有冇諗過離開呢個地方？」

我沒有回應，只是反問：「你想離開？」

這個問題在網絡上至今仍然吵得鬧哄哄，但我覺得離開的人並不是想拯救這座城市，而是單純地想離開而已。

他們想拯救的是那個在這座城市傷痕累累的自己。

「其實呢個地方令我好攰。呢一年更加攰，係一種已經就快到極限嘅攰。」

「其實我由搬入嚟嘅時候已經開始諗。我諗咗好耐，到底離開呢座城市好定係繼續留低？我猶豫咗好耐，直到生日切蛋糕嘅時候許咗一個願望。」

「就係如果而家嘅生活一直唔變嘅話，我會想留低，因為我好鍾意呢一個避風港。」

「所以……你而家覺得係時候要走？」

我這句話過後，她整個人在顫抖，是因為她不敢點頭，但淚珠卻從眼角滑下。

我主動用手拭去她的淚水，她哽咽地問道：「你會唔會想一齊走？同我，仲有我個好朋友。」

「睇嚟你已經有計劃。」

「其實佢一直都叫我同佢一齊走，佢有地方住，反正我同佢以前都一齊生活過。而且……我之前就同公司申請過調去英國嗰邊，但我冇諗過咁多人爭嘅機會，公司真係批咗畀我，只係我之前一直都未確認去唔去。」

我沒想過在這條問題後，卻有一堆現實的考量塞進我的腦海。

如果我們一起離開的話，她可以投靠她的朋友，但我呢？

我不能長期住在別人的家裡，更何況以我的經濟能力，在別國要獨立生活一定需要一段很長的時間。

「我其實一直都冇諗過會離開。」

我這句話過後，她又語塞起來。

其實我看著她向我說話時的眼神，諷刺地比起任何時間更懂她的心，而腦袋卻比起任何時間都清醒。

Bella 說著離開的時候，表情是流露著憧憬，嘴角的弧度令我明瞭，她已經選擇了離開。

其實選擇新生活不需要理由，可以只因為一個生命裡的一次失去或變遷，再加一點小衝動。

這句話後，我點了點頭。

但要我詳細描述接下來的過程，我做不到。

因為我覺得現實很兒戲，我不知我們怎麼會一起，也不知怎麼就這樣分離。

或許在某日，我才能將這種離別寫得現實，寫得從容。

可能我就是一個由始至終都躲在自己的世界裡，再偷看描寫外面世界的懦夫。

時至今日，我心裡那一種不可言狀的感覺，仍然不能用文字來翻譯。

只知道就在那個瞬間開始，這段關係就被肢解了。

接下來的幾天，這間屋的氣溫猶如驟降至冰點。

我們變回了同屋主，沒有怎樣的交談，也沒有任何親暱的交流。

這是我最難過無力的幾天，又是最冷的一天，因為我知道挽留是沒有用的，但我又沒有離開的打算。

Bella 在打點行李時，問了一道問題，讓我的心緒差點打了個死結。

「點解你會捨得我離開？係咪其實你都唔係好鍾意我？」

「鍾意同愛係唔同。」

我很清楚自己沒有本錢離開這座城市，離開後只會拖著 Bella 的後腿，一個不慎更會成為她的重擔。

我知道 Bella 不會介意照顧一個幾乎無業的男人，但這是她的新生活。

其實她本應可以走得更遠，我更清楚她不可以重蹈以前的覆轍，被男人害慘她的生活。

或有人覺得這是懦弱，但我覺得那是我最後的一點骨氣。

我覺得衝動做人很容易，因為不顧後果的感覺很爽。

我覺得放下骨氣做人很快樂，因為無恥的人不會被情緒所困擾。

我覺得自私的人容易被愛，因為他們會毫不保留接受所有的愛。

但我做不到。

「咁點解你唔離開？」

「都係因為愛。」

我補上一句：「我知道咩叫喜歡咩叫愛。」

她紅著眼笑道：「其實我唔知咩叫喜歡同愛。」

喜歡與愛有甚麼差別？

喜歡會讓對方看到最好的自己，而愛就是讓對方了解最真實的自己。

喜歡是一種需要，愛是一種責任，例如喜歡玫瑰的人會去買玫瑰，愛玫瑰的人會去種玫瑰。

大概，我心中的喜歡和愛，兩者間的差別就是這樣吧。

我沒想過會在這一刻對喜歡和愛有一個新的見解。

「好多謝你愛我成全我，唔想拖累我。」

我不知道她是真的感激，還是在生我氣。

「嗯……」

我知道有些說話始終難以表達心意，或許我不擅詞令，害怕會讓人錯解用意。

我相信任何言語也不及感受過的真實。

「但我都係決定咗要走。」

「我明白。」

我又一次努力隱藏自己的狼狽和難堪。

我又一次認清自己是一位失敗者。

我又一次明白在這座城市要有一處安身之所是一件十分困難的事。

又一次……

我們都在這孤獨的世界獨自期許，只是偶然遇到同伴，又能點起一抹爐火取片刻的溫暖。

我們都努力描繪未來追逐夢想，不論是離開這個地方到別處生活，抑或帶著傷繼續在這裡追趕，我覺得只要是她所選就好了。

無論繼續到何處，只要我繼續寫，她繼續看，我們就能有所連繫，那怕是隔著時差和網絡。

　　雖然我努力想得瀟灑，她努力裝得瀟灑，但視線的模糊讓我接受現實。

　　就這樣一個道別的擁抱，代替離別時要說的情話，避免了老套得很的情節。

　　然後我只能眼巴巴看著 Bella 拖著行李的背影愈行愈遠，行李輪子的回音在走廊迴盪，聲聲作響地輾過我的內心。

　　我們是分手了嗎？但其實我們有一起過嗎？

　　我到了這刻才明白，她按下的不是門鈴，而是敲響了我的內心。

　　她的背影令我瞭解，就我而言，回憶很淺感覺卻很深，這才是最致命。

　　回憶片段會因時間而泛黃，但感覺卻不會被時間所沖淡，更不會因此而折舊。

　　這樣才令我更加依依不捨。

　　在倒數著她離開這座城市的日子裡，我的心緒每天也相當紛紜，看著被她清空掉的臥房，我會感到空虛，看著昔日被她佔領的每一處都被清空，我看著會感到難受。

　　不知道 Bella 搬到好友的家裡後，她過得怎樣？但她好像過得很好，每天在好友家中一起煮飯，story 每天都更新，而我則每天像癡漢般追 live。

　　我幾乎隔日就更新自己的 Instagram，寫一些癡線的想法，Bella 也幾乎秒 like，更沒想過其他人也會對這些文章有共鳴。

　　也許，不單只我一個人要面對這種割捨般的離別吧？

　　Bella 好像決定在聖誕節前離開。

　　我突然間覺得這位女孩有點狠心，連聖誕也不給機會我約她度過。

　　我有找她，但她選擇已讀不回。

　　但其實要約的話隨時也可以，只是她不喜歡用這個方式道別吧？

　　同時我覺得倒數著的時間過得很快。

　　哪個騙子說倒數的時間會過得慢一點？你出來吧，我不會打死你。

　　我每一日都過得很沮喪，很不真實。

　　當一個沮喪的人被迫著要處理一件又一件重複的事，就會覺得自己置身在人間地獄。

我每天都喝著放在雪櫃和廚房裡的啤酒，因為 Bella 買的這個數量，足夠讓我喝足半年。

我不想將這些啤酒搬到新屋，但又不想便宜別人甚至扔掉，於是每天都喝上幾罐。

或許，不是我不想將啤酒搬走，而是純粹地不想搬走而已。

儘管我借醉想避世，但又要繼續迫著接受現實，處理生活中的每一件事。

在半醉的日子中，我仍要上班，同時要準備搬屋的事宜和整理自己的行李，我沒想過家中能夠有這麼多的雜物。

傢具能賣的就要賣掉，那些交收並要面對陌生人的日子簡直是地獄。

時間很快地來到十二月，搬屋的事宜全都處理好，而那道被 Bella 摧毀的房門我也找人修好了，沒想過貴得差點讓我哭出來。

可是我看著那道完好無缺的房門時，卻覺得這份完美是殘缺的。彷彿我們相處過的痕跡隨時間真的一點一點被沖淡。

新屋已經租下，我打算提早搬走，畢竟每日睹物思人，對這間即將離別的屋子依依不捨也不是辦法，同時我受不了看著昔日的痕跡退卻至無從稽考，終究還是要接受現實。

某個晚上，我決定到港島一日遊，但實情上我知道自己有想去的地方，我打算將回憶回味一次，然後收進那個封存的檔案內。

　　這座城市今年的聖誕毫無氣氛，彷彿每個人都趕著與最親近的人道別，沒有餘暇去過節。

　　我看著街道上的聖誕燈飾，明明整條街道被弄得五光十色，但我又覺得今年的燈飾比起過往的每一年都來得暗。

　　我看著街道上的聖誕佈置，聖誕老人的微笑也比起過往每一年的失真。

　　一邊走著一邊聽歌，最終來到是次行程最想去的地方。

　　起初，我在 YouTube 裡搜索《囍帖街》這首歌，來感謝她曾在重建後的囍帖街讓我走進她最深的過去。

　　可是在演算法的推薦下，我聽到了另一首讓我忍不住單曲循環播放的歌 ——《最後晚餐》。

　　雖然同為謝安琪主唱，但這一首歌較為冷門，應該沒有很多人聽過。

　　但我曾經聽過，就在 Bella 傷心了一整晚，我亦陪伴了她一整晚的時候聽過一次。

　　現在我只能透過這首歌，稍為與她親近。

　　我在這條面目全非的囍帖街踱步，不停重複聽著這首《最後晚餐》，整個人沉沒在歌詞的唏噓之中。

再故意搭錯巴士，想起第一次碰到她的手。看著車窗外的高樓，想著想著便淚如雨下，任由歌曲的歌詞配上旋律刺進靈魂深處。

離別時人越念舊，期望能停住沙漏，可惜世界急速變奏，甚麼都給這巨輪沒收。*

這份痛讓我又想起……最痛不是知曉自己失去了，而是知道自己差點擁有過。

她說，這是一個容不下習慣的世代，預期的往往出現落差，常態的總在瞬間驟變。

* 來自謝安琪主唱的《最後晚餐》，填詞人為周博賢

Final Chapter

傾城

我們的離別，沒有甚麼賣弄悲傷的情節。

她離開這座城市的那天，又是一場裝作瀟灑的不辭而別。

可是想真一點又不算吧？

畢竟她在 WhatsApp 群組中，有對我說過一聲：「我上機啦，多謝你一路以來的照顧。」

我還未來得及回覆，然後就這樣被踢出那個「失敗者俱樂部」的群組。

倘若再道別多一次、再擁多一次、再吻多一次的話有多好，哈哈。

時至現在我卻無可救藥地覺得這種道別的儀式感不夠。

我遷走的那個晚上，也是 Bella 上機離開這座城市的一天。我是故意選這一天的。

她的狠心是希望我向前望，而我也該體諒她的任性，畢竟昔日的種種，加上這一年的衝擊，內心多強大也會傷痕累累。

拋下這座城市的一切，的確是一個讓自己重新出發的方法。

更何況，某程度上我與她的陰霾又有所關連，那怕我們同為被騙的受害人。

我在玄關無可奈何地將群組封存，再站在門外回眸這間屋裡的客廳，想像已被清空的兩間臥房，心裡和腦海同步劃過一抹唏噓。

這是我最後一次回望這間屋。

大概，我這一生都沒可能再回到這個家裡。

我在猜想這裡日後會被甚麼人租下？是一對情侶？一個普通的三人家庭？還是像我一樣，須要找人合租的獨男？

願他找的同屋主不會跑路，也不會一腳踏兩船吧。

但我只知道我倆溫存的證據，也會在新的租客進駐後被一點一點地沖刷掉。

那陣令我敏感的香薰味道以後只能存在於我的新家裡，但意義其實不大，就當作一種紀念而已。

在時間的洪流裡，曾經愛得驚天動地，感動得淚如雨下也是不值一提的飄絮，終究也會被它所消磨和摧毀，我們就是如此脆弱。

正因為我們脆弱才會拼命去締結和牢記曾經親近過的憶記。

也許我們都需要時間將支離破碎的自己重組，而在這個重組的過程裡，我們注定要分別。

　　我一直抱著唏噓到達新居，再次回到劏房的懷抱，但這裡租金便宜，地段又不錯。

　　我這樣哄自己，一切都是一個循環，一切都是有得有失。

　　腦海不停浮現起一句：「願你憧憬的未來會如約而至」。

　　我的未來將會出版第三本書，完了這些年來的夢。而下一本書的書約也簽了，只是未確定出版的時間。

　　我沒想過因為那個隨心寫的網絡連載而被人注目，也沒有想過因為曾接下友人推薦的劇本工作，而被邀請與劇團合作，開展寫劇本的生涯，接觸另一個可以走得更遠的舞台。

　　這都是我在此以前並沒有想過的走向。

　　還有很多很多的機會，是我以前從未想過。

　　我不敢說這都歸功於 Bella 的功勞，但沒有她的話，我又肯定會走了一條截然不同的路。

　　或許，我憧憬的未來會如約而至，只是她已經與我擦身而過。

　　想得太久，我不想留在一個陌生的空間，那怕這裡是我未來至少兩年的居所。

　　因此我決定戴上耳機，在這座城市裡遊走，彷彿這才合乎一個剛剛失去一個家的人應有的設定。

十二月的風，在深夜吹得很刺骨。

這座城市高樓林立，卻沒有一個能令我真正安身之處。

我想過回家，可是我不想背著和滿足家人的期許來違背自己的內心。

於是，繼續走著，走到一間熟悉的酒吧。

我想起在此以前，我和友人到過這間酒吧，只是沒料過與新居這麼近。

Starrynight……招牌閃爍的頻率令我感受到它的生意很差，前景有點嚴峻。

酒吧看似已經關門，一位看似老闆的男人在這裡抽煙。

我們眼神交錯的一瞬，他微微點頭說道。

「而家冇晚市呀。」

「我睇下周圍有冇外賣。」

我隨口說了一句。

「收工收得好夜？」

「係寫嘢寫到好夜。」

我慣性地回答，並無意地向一個陌生人間接透露了自己的職業。

「想食咩外賣？我開爐煮。」

「……」

「入嚟慢慢諗啦。」

我還未來得及回答，他就遞上 menu 給我。

我沒想過會在街道上與一位陌生人噓寒問暖後獲邀到店內，更沒想到街上踱步變成買外賣。

或許，生活就是由種種沒想過所構成，然後變成所謂的際遇。

嗯？我身上好像沒有現金。

「你係寫嘢嘅？」

這個看似老闆的男人在細心地沖著咖啡。

「係呀，所以今晚個頭腦要保持清醒，因為我後日要交稿。」

啊，我以為自己是亂扯一通，但突然想起我後日真的要交稿。

想著想著，老闆遞了一杯咖啡給我：「一齊飲，呢杯咖啡我請你飲呀，當暖下身。」

「好似唔係幾好意思……」

「飲啦，睇你個樣都唔似係出街買外賣啦。」

我沒想過竟然被一個男人看穿。

「你又知？」

「當你成日喺夜晚見到唔同嘅人時，你就會明。夜晚活躍嘅人，係最容易表露出內心最真實嘅自己。」

我一臉疑惑打量著眼前的這個男人，他的神色是疲憊和從容間的滄桑，他從褲袋掏出煙盒禮貌地問我介不介意。

我示意請便，畢竟這裡是他的地方吧，接著再聽他訴了一下苦水。

或許，晚市禁得太久，別說生意，甚至連找個客人聊天的機會也沒有。

「好耐冇人夜晚坐喺度飲咖啡，同埋通常啲人嚟到都寧願飲酒，可能呢度啲酒平過咖啡啩。同埋而家夜晚冇得飲，所以啲人日頭要飲返夠本。」

「嗯？呢度唔係淨係賣酒？」

「我以前開過餐廳，我頂咗朋友間舖頭嚟做，應該話我朋友交咗間舖畀我，佢離開咗呢座城市。」

「咁而家夜晚只係做外賣？」

「唉，唔係可以點？」

「咁你打算一直喺度沖咖啡？」

「其實我沖咗好耐咖啡，都飲咗好耐酒，我日頭需要咖啡提神，夜晚需要酒精，可能呢座城市啲人都係一樣，佢哋打從心底唔想清醒。」

「你打算咁樣日復日過人生？」

他長長地舒一口氣再呼出煙圈：「唔知道呀，我曾經都有努力過，覺得總有一啲嘢我可以改變到。但到最後發現自己只能夠留喺呢度，每日竭盡全力沖每一杯咖啡，返到屋企努力陪自己另一半，我嘅能力其實亦都僅限於此。」

「可能我做得比你更少，就係漫無目的咁寫嘢。」

「但我相信你可以比我做得更多。我覺得啦，至少有一個人對你寫嘅嘢有共鳴，你就間接拯救咗一個人。」

我看著這個男人，總覺得他身上散發出一種說不出口的感覺，但我沒有因此而轉 gay。

「杯咖啡幾好飲，至少飲呢杯咖啡前，我唔知道自己應該要做啲咩。」

我們四目交投了數秒，他不禁微微一笑點頭，再抽了一口煙。

只知道他的一席話、一杯咖啡救贖了一個靈魂，而同時這個靈魂也誤打誤撞將他從失敗主義的思想下解放，這是一場靈魂的互相救贖。

　　我沒有過問他的名字，他亦沒有探問我更多。

　　也許，男人的情誼就是這樣，彼此點到即止，但又能藉一杯酒、一杯咖啡、一根煙來交流大家的想法。

　　與此同時，酒吧的背景音樂換上一首陳舊的歌曲《傾城》，前奏的每一下鋼琴聲，都使我不由自主地陷進歌曲的旋律，再任由歌詞泛起我的鼻酸。

　　或許他聽見我輕抽鼻子，便淡然地跟我說：「我唔知道你發生咩事，但人生就係一個好長又好多內心讀白嘅故事，我只係知道只要一個故事夠長，傷心嘅情節難免會比較多。」

　　我問，就像墨菲定律嗎？該發生的事情終究還是會發生。

　　他說，墨菲定律並不是指壞事一定會發生，而是指該發生的事情終究還是會發生，只不過人世間的壞事太多，快樂太珍貴。

　　他話音剛落，我感覺到一抹暖流從我的眼眶溢出，再滑過我的臉頰。

　　一切終究是時間和緣分使然，輪不到我們挽留和維繫。

　　我和 Bella 之間錯綜複雜的情愫，或許只能從字裡行間，以及她細閱時的微笑來延續。

　　雖然我不能親眼看到，但我希望她每次按下讚好時都是笑著的，縱使以下這段字或會讓她哭了。

　　寫作的人就像活在另一個次元，所有往事都會化成文字，再將往事看完又重頭再看。在那個隻身一人的次元中，彷彿我早已知曉所有故事的結局，那接下來我會怎麼面對當下的生活呢？

　　我想只有更努力想辦法傳達我的感受吧。

　　畢竟我由始至終最喜歡的是故事的開首，就是因為我遇見了。

　　那怕結尾過後，從此每個輕敲鍵盤的晚上，每個追趕夢想的一天，都會徘徊著我的後悔和遐想。

　　因為有許多事情總不如人意，縱使是快樂也有未能盡興的遺憾。但又如何？我們的天性就是犯賤，那些未能盡興的快樂也能衍生一種出於痛的快感，諷刺地讓我寫下一篇又一篇令人讚好的文章。

　　我只能這樣安慰自己。

　　然後腦海響起一聲熟悉的門鈴聲，兩個失意的人在時代最低的氣溫圍起爐火。

　　最教人惦念不忘的並不是一份動地驚天的感動，而是來自生活一點一滴的溫暖。

我會告訴自己未來還未來，雖然過去的終究會過去。

我只能靜待緣分再將我們拉近，深信門鈴會有響起的一天，到時我們會以最好的彼此相愛。

又或者有待迴光返照的一瞬，我們便可以回到門鈴響起的那一天。

他說，每一段讓人難以釋懷的關係，都猶如印象派畫家筆下的作品，用了很多象徵危險的彩色，雖然危險但奪目，將會名傳後世。

後記 01
你還會在嗎？

第三本書出版後，我沒想過銷量竟然不俗，同時讓我那孤島般的社交平台帳戶再度熱鬧起來。

雖然我知道是暫時性的，畢竟我仍然不敢抱有希望。

我仍然討厭自己，討厭得連自己的本名也想棄掉。

只是每當我追趕著未來時，總覺得倘若沒有那場相遇，我應該沒有再度踏足書展的那天。

雖然我依然記住酒吧老闆對我說過，墨菲定律並不是指壞事一定會發生，而是指該發生的事情終究還是會發生。

但看著那些排隊找我簽書的人，我卻有另一番感慨。

我仍然認為沒有 Bella 的話，我肯定會走了一條截然不同的路。

或許我已經不再寫。

可是想真一點，這份際遇又稍為兒戲。

我們喝醉沒有做愛，反之是她鼓勵我怒罵上一間出版社，接著替我漁翁撒網地投稿，然後就有了這個未來。

像戲劇般的情節，卻令我牢記在心，思緒的盡頭除想念外又是無盡的感激。

不知道她最近過得怎樣？這些日子裡，我從未錯過她 Instagram 限時動態的每一次更新。

從她的笑容看來，她過得應該不錯。

我有試圖回覆她的限時動態，希望打開沉默已久的話匣子，但希望往往被「seen」所擊沉。

但我也想跟她說一件挺諷刺的事……

今年書展舊出版社的攤位，居然位於新出版社的正對面。

真是冤家路窄，哈哈。

明明現在是我的簽書會，但我的思緒卻游離到不知何處，或許是遠在地球某處的國度吧？

畢竟兩小時的簽名會很費神，不發一下白日夢的話，我又會有一種面對重複的無奈。

種種的思緒卻被一位拿著我的著作、一臉茫然的女生打斷。

眼見她徐徐地走來，並且神情略為尷尬地問：「你係莫少？呢本書嘅作者？」

「我係呀。」

她遞上我的著作給我，而我也公式化地接下。

「我有個朋友今年返唔到嚟，但佢托我一定一定要搵你簽名。」

「佢叫咩名？」

「佢叫 Bella。」

聽到這個名字的時候，我的心被懸著。

我在想是否巧合？還是我認識的、思念的那個人。

「佢係你朋友？」

「其實係舊同事，佢而家去咗英國。哈哈，佢話一講你就會記得佢係邊個。」

「佢有冇話想我寫啲咩畀佢？」

「佢話你未回應返佢個生日祝福。」

以前每一次錯過和失去，我都有一個藉口哄自己來日方長，我還有夢想要追，愛情這回事太花時間和太遙遠，再塞一堆享受單身等大道理。

但這一次不同。

因為我心知肚明，過多幾年後我仍然會繼續追夢，我會一邊等待一邊變成只能為自己而活。看著旁人不停開花又結果，而我一邊冷眼旁觀一邊倒數，再等待會否孤獨終老這個答案。

　　不管怎樣，最緊要我知道只要我還在寫的話，她肯定會第一時間讚好。

　　那怕是演算法的阻撓，儘管時差將我們拉遠，我仍會隔著網絡佔據對方看一篇文章的時間。

　　那怕只是佔有那丁點的位置，縱使世事幻變善變。

　　我深信直到世界沒了網絡這回事，我們親近過的痕跡才會成為被時間沖走的飄絮。

　　「願我們憧憬的未來會如約而至，到時候你還會在嗎？」

　　Bella Kam 和其他人都讚好。

後記 02
靜待

離開這座令我不幸的城市後，我才審視在這座城市的一點一滴。

幸福對我來說很抽象，不幸比較有形態，至少我實實在在感受過。

曾經以為自己掌握在手中，結果換來的是那個我以為彼此相愛的男人，他的人設是否真實也無從稽考。

只知道我幾乎畢生的積蓄都被他騙走，也因為他而變得負債累累。

從此我認定，幸福在我潛意識中是不可把握的、模糊不清的。

因為只要看清，幸福自然會走遠。

我在一無所有的情況下上門追債，這種丟臉的事情很狼狽。

只是我沒有想過應門的那個人……很怪，他的氣場無時無刻在告訴我，他有多沮喪和落泊。

實情上，我們同是天涯淪落人，都是騙案受害人，只是他長得太弱不禁風，所以看起來他是不幸的人，而我像不幸的人。

在走投無路的情況下，我將自己交給了命運，同時決定暫住這個家。

因為我沒有長遠的打算，也認為要在這座城市維持一件事不變是很難的。

所以我並不打算在這個地方長期避世，而是自我放逐。

放逐那個被愛蒙蔽的自己，留待一段日子過後，看看到底是搬走還是索性離開這座城市。

因為這個決定，卻讓我看到幸福的抽象竟然擺在我面前。

我開始喜歡這個自我放逐的避風港，沒想到在這裡會讓我認知到原來家的溫暖是這樣，幸福並不抽象，而是這麼簡單。

那個因為討厭自己，而用筆名取代自己本名的怪人，或許其他人會取笑他，但我覺得他並沒有如我一開始想像般懦弱。

他一邊嗟怨命運不幸，另一邊卻屢敗屢戰，這一份勇敢恐怕連我也辦不到。

他雖然潦倒，卻很有骨氣。

他雖然討厭自己，但很懂愛人，我很感謝他真的愛過我。

倘若我們不是置身在一個既幻變又流行離開，而我們不擅長告別的時代，深信我們要相愛並不難。

　　但偏偏我們在這個時代遇上，這座城市幻變的常態使我認清那個仍然傷痕累累的自己。

　　我知道在這座城市難以尋覓一個讓自己療傷、讓支離破碎的靈魂得以重組的安身之處。

　　於是我下定決心，拋下捧在手中的那點幸福，到另一片天空找尋那個完整的自己。

　　然後，我能做的只有靜待未來。

　　靜待一個重獲新生的自己，也靜待一個夢想成真的他。

　　靜待一個可以讓人不用面對離別、放膽去愛的時代。

　　在此之前，那個「失敗者俱樂部」群組就讓我一人獨佔和回味吧。

　　在此之前，我願他憧憬的未來會如約而至。

未來，你還會在嗎？

作者：	唉瘋人
責任編輯：	Carmen
美術設計：	joe@purebookdesign
封面攝影：	Royston Chan
模特兒：	Cherry Shing 成栩蕰
出版經理：	望日

出版：	星夜出版有限公司
網址：	www.starrynight.com.hk
電郵：	info@starrynight.com.hk

香港發行：	春華發行代理有限公司
地址：	九龍觀塘海濱道 171 號申新證券大廈 8 樓
電話：	2775 0388
傳真：	2690 3898
電郵：	admin@springsino.com.hk

台灣發行：	永盈出版行銷有限公司
地址：	231 新北市新店區中正路 499 號 4 樓
電話：	(02) 2218 0701
傳真：	(02) 2218 0704

印刷：	嘉昱有限公司

圖書分類：	流行讀物／愛情小說
出版日期：	2023 年 7 月初版
ISBN：	978-988-79775-8-2
定價：	港幣 108 元／新台幣 540 元